In jeden Fluss
mündet ein Meer

A mis padres
Francisca Oliver Domínguez de Agüera y
Francisco Agüera González

José F. A. Oliver

In jeden Fluss mündet ein Meer

Matthes & Seitz Berlin

Kennst du diese Momente? hatte mich Ramón gefragt. Er meinte, so übersetze ich es mir jetzt, die Momente, in denen wir unserem anderen Sein begegnen, dem Sein, gegen das wir uns entschieden haben, als wir uns selbst wählten.

Deniz Utlu

Wer die Fremde annimmt, auch die eigene,
stiftet eine Kultur der Vielfalt. Dabei ist Toleranz
ihr Weg und nicht ihr Ziel. Indem ich annehme,
was ich nicht verstehe, beginne ich zu begreifen.
In diesem scheinbaren Widerspruch schöpft sich
letzten Endes jede Form von Integration.

Andalusien ist eine Uhrzeit: *ahora*

Alles sei Fluss und das Gedächtnis ein tiefer Brunnen. Unergründlich. »In ihm findest du jene Geheimnisse, die wir als Geschichte bezeichnen!« *Historia.*

Ich ahne, dass es Großvater war, der mir diese Sätze in meine Träume geschmuggelt hat. Großvater, den ich, wenn wir miteinander »Wörter« spielten, *Capitán del Mar* nannte. Ich sah ihn nur einmal im Jahr. In den großen Ferien. *Marinero*, sagte er dann. Er sei ein Meermann. »Und ein Schmuggler!« Darauf legte er Wert. Zu Lande. Zu Wasser. Ich denke oft an ihn. Besonders dort, wo ich begreifen möchte, was ich sehe. »Erklär mir Andalusien!«, sagte ich eines Abends. »Erklär mir den Wind!«, antwortete er. »Das Wasser. Das Land!«

Großvater war ein Schmuggler singulärer Art. Seine Ware passierte jede Zollschranke, hatte den Bürgerkrieg überstanden und die Diktatur danach. Fast. Was er schmuggelte, war nicht mehr selbstverständlich und offenbarte doch das Überleben seiner Tage und Nächte. Brot und Bücher. Hunger und Wissen. Es war das ernste Spiel aus Wörtern und Sätzen, wohlüberlegtem Aufbegehren und filigranem Widerstand. Auch unser Spiel. Daraus formte er Geschichten. Immer. Wonach ich ihn auch fragte. Dann schien er seine Sätze nicht laut auszusprechen, sondern die Worte ins Weite zu lächeln, tunkte das Brot ins Olivenöl und sinnierte. Sätze, die er mir schließlich doch verriet und auf meine eigenen Reisen mitgab, bevor ich spätabends einschlief. Einer davon lautete: »Andalusien ist eine Uhrzeit. Jetzt!« So lernte ich den Augenblick kennen.

Im Spanischen heißt jetzt *ahora*. Die Uhrzeit als Augenblick, der ist; nie war, allenfalls gewesen ist. Jede Vergangenheit ist Gegenwart. Ein Atemzug, auch dort, wo ich zurückschaue. Und plötzlich ist der »Seufzer des Mauren« vor den Toren Granadas nicht mehr nur ein Fleckchen Erde, sondern ein Jetzt, da der letzte Herrscher Granadas, Boabdil *el Chico*, der eben erst den Katholischen Königen die Stadtschlüssel überreicht hat, damit die Alhambra nicht zerstört werde, auf der Flucht in die Alpujarras ein letztes Mal auf Granada blickt und seufzt. Harsch hatte seine Mutter dem besiegten Herrscher gesagt: »Weine wie ein Weib, um das, was Du nicht wie ein Mann zu verteidigen wusstest.« So ist der Berg zum heutigen *Suspiro del Moro* geworden – wahrende Geste einer demütigen Größe im Eingeständnis einer Niederlage. Und Ronda ist nicht mehr nur das architektonische Wunder aus Naturverwerfung und Menschenansiedlung, sondern vielmehr das Sinnbild einer Notwendigkeit, sich der Landschaft anzudienen. Wer das erahnt, beginnt Andalusien zu verstehen, den Guadalquivir, der die Orangen und Zitronen aus den Gedichten

Lorcas blühen lässt; die Mondin, die als Komplizin jeder Erregung Schattenwürfe erkundet; den Schnee der Sierra Nevada, das Wasser der beiden Flüsse Granadas, Dauro und Genil, das auf die Zunge der Betrachtung Weizensamen streut; die Olivenfelder Jaens, auf denen sich das ursprüngliche Meer weitersingt. In jeder Olive, die mundet, schmeckt der Überlebenskampf der Tagelöhner die Poesie, die das Glas zerspringen lässt. Das Netz, die Arbeit, der Trockenlohn.

Andalusien ist ein Alphabet aus Werden und Vergehen. Die Erinnerung an die Vergangenheit schöpft diese Augenblicke einer Seinsform. Geschichte und ihre Geschichten. *Historia e historias.* Unverhoffte Begegnungen im Verwehenden. Zwischen den Meeren, die aufeinanderprallen, und den Völkern, die sich miteinander anlegen. Bis heute. Gibraltar, beispielsweise. Die Enge, die Hoffnungsfurt. *Vida y muerte.* Auch das ist Andalusien: Leben und Tod.

Manchmal sind Worte Stolpersteine. Bisweilen reicht der Bedeutungshof eines Wortes, um Ort zu werden. Oder umgekehrt. Tod ist eines dieser W:orte. Das Wort nimmt dich an die Hand, als ginge es mit Dir durch diese Welt. Von klein auf. *Der* Tod. *La muerte.* In der deutschen Sprache männlich, im Spanischen weiblich. Ob das schon der Beginn einer langen Erzählung ist? Einer Erzählung, die irgendwo beginnt und irgendwo aufhört. Ein Erzählen vom N:irgendwo ins N:irgendwo? Gerade in Andalusien?

Von Juan Ramón Jiménez, dem andalusischen Nobelpreisträger für Literatur aus dem kleinen Städtchen Moguer in der Provinz Huelva, wird erzählt, dass er seine Bücher in jungen Jahren mit Juan Ramón Jiménez signiert habe, später dann mit JRJ und schließlich, gegen Ende seines Lebens, mit »andaluz universal«. Muss ich das übersetzen? Universalität braucht nicht von einer Sprache in die andere geschmuggelt zu werden, gleichwohl ist sie immer wieder von Neuem zu erfinden und zu gestalten. Auch das ist *Andalucía.*

Mit 11 Jahren, viel zu jung, musste ich meine erste Todesnachricht überbringen. Nicht dass es mir eine unüberwindbare Fährnis gewesen wäre. In der Emigration wurde ich schon als Kind zum Übersetzer. Vor allem der Dinge, die ich nicht verstand. Ich war seltsam berührt. Der tote Körper wie ein Christus bei einer Karfreitagsprozession aufgebahrt. Im unendlichen Korridor in der Calle Chaves, Nr. 14. Einer Sackgasse. Im Compás de la Victoria, im Herzen der Altstadt von Málaga. Unweit der Plaza de la Merced, wo Picasso einst geboren worden war und sein Geburtshaus in unseren Tagen ein Museum ist. Picasso, von dem ich meinem Urgroßonkel ein Bild verdanke, das unbezahlbar ist. Pablo, der seine Kreidezeichnungen auf dem Gehweg vor dem Haus nach den Ermahnungen seiner Mutter samstags immer wieder wegwischen musste. Dort, ganz in der Nähe, steht das Haus meiner Großeltern. Eine bucklige Bastion aus republikanischen Zeiten zwischen all den Hochhäusern, die nach und nach aufgerichtet worden sind. Oder ist es nur ein Mahnmal? Ein Überbleibsel? Wo Ahnung und Ahnen sich umarmen? Vielleicht. Wie vielerorts in Andalusien. Ein trigonometrischer Punkt der Vergänglichkeiten aus verlassenen Burgen, wundgebeteten Klöstern, ausgetrockneten Flüssen.

»Maria de los Perros« war Großmutter gerufen worden, weil sie so viele Hunde besaß, mit denen sie tagein, tagaus ihr Leben teilte. Hunde, Bücher, neun Kinder. »Maria von den Hunden«. Und jeder Hund trug den Namen eines längst verblichenen europäischen Kaisers, Königs oder sonstigen Hoheit. Geschichte und Geschichten. *Ahora*, jetzt, da ich dies niederschreibe, fällt mir auf, dass die einzige Frau in jener tier-, adels- und bücherleidenschaftlichen Konstellation Großmutter war. Der lange Korridor ist heute noch ein erster Gruß ins Offene, für diejenigen, die das Haus betreten. Raumdurchflutet im Sinnstiftenden der Verabredungen. Links und rechts an den Wänden Stühle und die Ahnengalerie der Familie. Die Schwarzweißaufnahmen leicht beschienen von der Morgen- oder Abendsonne, die zögerlich in den *patio* einfiel. Keine Mittagsglut, dafür frühes oder spätes, sanftes Licht. Am Nachmittag war das Tor, eine Tür wäre zu schmächtig, zum *patio* hin verschlossen. Um den Toten herum saßen verdingte Klageweiber. Eine bleibende Wirklichkeit. Erinnerungen aus stummpolierten Bildern, die anbranden. Wie aus dem Nichts. Plötzlich da. Wo kamen jene Frauen her? Wer waren sie? Weshalb dieses Schluchzen und Aufheulen? Warum dieses selbstgeißelnde Überschlagen der Hände mit jedem Schrei, den sie aus sich herauspressten. Vom Gesicht auf die Oberschenkel und zurück vor die unheimlichen Tränenaugen. Das ist mein eindringlichstes Bild von Andalusien. Unbekannte Frauen, schwarz gekleidet; ihr Jammer Passion und Furcht zugleich. Eine ständige Karwoche. Die unendliche Pilgerschaft der Not.

Überforderung war mir ein Fremdwort zu jener Zeit. Ein Begriff, den ich nicht in meinem Wortschatz wusste. Wie viele andere Wörter, die mir erst im Laufe meines Lebens wurden. Aber ich war aufs Eigenwilligste berührt, um nicht zu sagen verängstigt. Eingeschüchtert. Dennoch. Ich hatte mich einer Wahrheit zu stellen, auch wenn ich sie damals nicht fassen konnte. Als ältester Enkel war es ungefragt meine Aufgabe gewesen, in Deutschland anzurufen, um den schlichten Satz zu sagen: »Großvater ist tot!«

Mein Meermann war nicht mehr. Zumindest nicht derjenige, den ich als »marinero« kennengelernt hatte. Großvater, der mir nicht nur in seinen Worten die Hand entgegenstreckte, sondern den ich auf jedes Schiff im Hafen begleiten durfte, der mich nachts zum Fischen weckte und mich das Zuhören lehrte, den Alten zu lauschen, den Fremden, die ich nicht verstand, und dem Meer, das seine Geschichten preisgab. *La mar* – wie er meistens sagte. Manchmal sei das Wasser *el mar*, manchmal *la mar.* Ausgespannt zwischen Meer und Meerin.

»Psst! Nicht reden!«, hielt er mich an, wenn wir uns auf seinem Fischerboot soweit von der Küste entfernt hatten, dass die Straßenlaternen und das Blinken des Leuchtturms ein glitzerndes, buntes Flackern wurden, mit dem meine Finger spielten. Schöne Lebensschule der Imagination. Ich erzählte Großvater davon. Sagte, dass mir die Lichter wie Glasmurmeln vorkämen. Alles in meiner Hand. »Ja«, sagte er, »und hörst Du, wie still das Licht ist? Still wie die Nacht, die schweigt, damit sie dem Wind zuhören kann?« Dann lauschten wir dem Meer. Und er erzählte mir von den Schiffen der Phönizier, den Handelsniederlassungen der Griechen und der Sprache der Römer. Von den Hebräern, den Ägyptern und *los gitanos*. Von Iberern, Kelten und Goten. Von Córdoba und einstigen Apotheken und Bibliotheken, von der hohen Zeit der Mathematik, dem Glanz der Philosophie und vom Gedächtnis der unzähligen Ruderschläge all derjenigen, die ankamen oder niemals ankommen sollten. Vom Lautvermächtnis der Wasser und vom Land, seinem leibhaftigen Echo. Ich hörte den Gebetsruf der Giralda, roch den Jasmin im Zirpen der Grillen und dachte an das Weihnachtsgebäck verwaister Klosterküchen. Irgendwann schwiegen wir und übergaben die Geschichten dem Meer. Wir wurden selber ein Teil der Wanderung.

Wenn ich heute in Andalusien bin, dann gönne ich mir den Augenblick und die Stille der Zypressen, schöpfe Bilder aus dem Duft des Rosmarins und den alten Steinen ins Heutige und buchstabiere jeden Tag mindestens einmal »ahora« in meinen Terminkalender. Ja, Andalusien ist eine Uhrzeit. Rafael Alberti redet in einem Gedicht sogar mit ihr und sagt: »Ich träume von einer Zukunft, auf der kein Gestern lastet.« Gibt es schönere Verse, die den Augenblick ersehnen? Die Nostalgie, dessen Atemzug zu sein? Es ist, als sagte das Meer, ich will einfach nur Meer sein, oder als schaute das Auge ins Wort *ahora*.

Wenn Großvater mit leeren Netzen zurückkehrte, sprach er von *el mar*. Wenn er einen guten Fang nach Hause tragen konnte, war das Wasser immer *la mar*. »Dem Meermann die Meerin«, sollte ich Jahre später in einem Gedicht schreiben.

Am Tisch des Traums und W:anderswo

Ausflüge sind mir nicht nur ein vorübergehendes Labsal, vielmehr Ermunterung, die anhält, in Zeiten ausgemergelter Stille. Manchmal, nicht nur in meinen kühnsten wortkulinarischen Wachträumen, besuche ich deshalb schon früh am Morgen einen betörenden Wochenmarkt, den ich nicht genau verorten kann und dennoch immer wieder finde. M:einen Markt der Alphabete. Ein wundersamer fröhlicher Markt. Dort mehren nämlich Buchstabenwechsler*innen auf ihrer Tauschbörse aus Wörtern und W:orten das poetische ABC der Freude im Widerstand. Ich mag die Marketender*innen der Alphabete aus aller Welt. Und ich glaube, Sie schätzen auch mich als poetischen Kunden.

Für gewöhnlich schlendere ich zunächst ein wenig umher, schaue hier, schaue dort, um zu erkunden, was es Neues gibt oder wer – meist zum Leidwesen meiner Fantasie – einen mir bis dato vertrauten Stand aufgebeben hat. Das kommt bedauerlicher Weise in letzter Zeit immer häufiger vor; bis ich schließlich fündig werde und ganze Körbe voller Zeichen, Buchstaben, Wörter und Sätze nach Hause schmuggle. Ich bezahle dafür selbstverständlich in meiner eigenen Währung. Für die Buchstaben G E L B A etwa mit den Buchstaben a N D e K. Denn das ist das Geheimnis des Buchstabenwechselns. Ich reiche dir meine Selbst- oder Mitlaute und du mir deine. Wir werfen uns die Wörter und Sätze zu wie Bälle. So entstehen die schönsten Geschichten, ungeahnte *Alphadoten*.

Abends lade ich mir dann, je nach Laune und Gelegenheit, immer wieder Gäste ein, die meistens einen gesunden Appetit aufs Zuhören und Erzählen mitbringen, weil ich natürlich für meine Festtafel um sich g:reifender Worte, Sätze und Wunderlichkeiten diese Verrückungen, die ganz Ohr und Mund sind, brauche, um später, in der Nacht, bevor ich einschlafe, sagen zu können: »Heute war ich glücklich verrückter!« Ich liebe schön-fiktive Tische ins Wirkliche. Sie täglich von Neuem zu decken, um eine Spur wortb:leibender zu w:erden.

Ich bin eine Gabel und führe mir, von eigener Hand ans Wort genommen, das Essen in den erwartungsfrohen Mund. Ich bin also Buchstabenhand und transportierende Gabel in einem. Mein Mund öffnet sich folgsam und sanft bei der ersten Lippenberührung mit den fein herausgeformten Zinkelchen, nicht gierig, und ruft sich dabei natürlich unweigerlich auch den Geruch des Messers ins Gedächtnis. Quasi eine Art Berührungsvermächtnis der Lippen, die genießerisch kundig sind. Aus Erfahrung gespeist. Klar, denn ich bin ja auch mein eigenes Messer. Ich bin mein eigenes Messer, immer wenn ich die Form einer Gabel annehme. Das ist nur ein kleiner Schnitt. Dem Löffel sei

Dank! Zumindest seit ich es aufgegeben habe, mit den Fingern zu essen. Da habe ich den Salat. Nun muss ich alles auslöffeln. Gabelpräsenz, Messerherkunft und belöffelndes Futur I und II: Wer bin ich. Wie bin ich. Und – vor allem: wo bin ich. Und wann! Anders gesagt habe ich in dieser alles andere als oberflächlich betrachteten surrealen Wirklichkeit von »Friss oder Stirb!« die riesige Aufgabe(l), mich der Frage zu stellen, wohin ich b:leibe. Ja, wir messern uns alle durchs Üb:erleben, vergabeln uns, um zum Schluss doch alles auszulöffeln.

Das Lebensbesteck ist wahrlich kein einfaches Orientierungsgeschirr für all das, was wir selbst kontinuierlich ansetzen. Deshalb: Verzichten wir auf Rezepte und richten uns einfach nur an, was wir selber niemals für möglich gehalten hätten. Kochen wir doch einfach ein unerwartetes Süppchen. Achten wir aufs Geschenk der frischen Fantasie und widmen uns nicht den vorgekochten Fertigpackungen des Poetischen! Sanft-anarchisch wie Hände, die zärtlich die Welt entdecken. Würzen wir die Gegenwart mit dem wohldosierten Meersalz des Vergänglichen für den hoffnungsfrohen Gaumen ins Heutige. Wie das gehen soll? Ganz einfach: Jetztkünftig! Mindestens 1 Prise, pardon 1 Brise lang.

Transit und Wortzubringer

Bin Ohr und Bleistift, Reisender; Radiergummi, Nomadenkoffer, wald- und meeressüchtig; auf Straßen, Schienen, Wanderwegen. Aufgehoben in Transiträumen. Ruhe bieten mir, wenn überhaupt, Augenblickspoeme, ihr lyrischer Atem und vernarbte Zärtlichkeiten. Es gibt ein Gedächtnis, das sich selber aufsucht, und seine wunden Orte der Notwendigkeit ins Schreiben. Jedes Schreiben eine Einladung, Gast zu sein – im Schreiben. Ins Offene gehen, in die Vergänglichkeit(en). Wider alle Grenzen.

Meine Schreiborte waren gar viele. Ich erinnere stibitzte, leicht lädierte Obstkisten, die ich mit sieben oder acht zur provisorischen Schneidersitzablage zusammengezimmert hatte. Später sollte es eine Biedermeier-Kommodenschublade sein, deren Dienste ich in Anspruch nehmen würde. Montiert auf Küchenstuhlbeine und der um ein Drittel abgesägten Leiter unseres Kinderzimmer-Doppelstockbettes, das ausgesorgt hatte. Viele der Vers-Ursprünge meiner heutigen Gedichte auf unterschiedlichen Tischvorrichtungen und ihre Geheimverstecke als Lautverbündete. Das Leben als abschließbares Tagebuch der Orte, die ich niemandem verriet. Vorzugsweise hinter *de Holzbiige* unterm *Trippel.*

Nicht auszumalen, wenn die fragilen Maulwurfsgänge aus Holzscheitkonstruktionen zu meinem ausgehöhlten Schreibgemach eingebrochen wären. Ich war ständig auf der Hut, nicht entdeckt zu werden bei den poetischen »Ich-versteh-die-Welt-nicht-Abenteuern«.

Schon damals sollte Schreiben etwas Lebensgefährliches in sich tragen. Nicht zu vergessen die Teenager-Sommerschattenpoesie. Stürmisch selbstbewusster natürlich und öffentlicher präsentiert. Im Schutz des alten Quittenbaumes *uff de Matte*. Auf der Wiese hinterm Haus auf einem Gartentisch vor meinen versammelten Freunden. Dazwischen schoben sich beim endgültigen Abschied der letzten Kindertage Notizen auf einem viel zu schnell anlegenden Ausflugsschiff von Konstanz Richtung Meersburg. Der Kielspur nachsinnierend. Den Blick samt Block in der Hand meiner jugendlichen Eskapaden ins Herang:reifende des Schreibens. Das Wasser als Wellenschreibtischplatte. Die Mooslichtung im Tannenwald. Die Mai-Schneekapelle hoch über einem Seitental von Hausach-Dorf. Schließlich einmal im Jahr das Extrem. Hinter Felsen und aufgeschütteten Dünen die brennenden Urlaubsfüße der sonnenbetäubten Imagination. Tintenschrift, die gleißend schnell ausbleichen sollte. Wartende Heimwärts-Strände an der von den Eltern noch heißer ersehnten Costa del Sol, die ich für sechs Wochen (im Exil) zu absolvieren hatte. Ein erzwungener Tausch der Satteltaschen voller Bücher meiner samstäglichen Fahrradtouren im Kinzigtal oder der Einkehr bei meinem nicht minder geliebten Staubschreibtisch – m:eine spuren-schöne alte Hobelbank – auf dem schummrig beleuchteten Speicher unserer frühen Wohnadresse im Schwarzwald. Mit der Fremde auf Du-und-Du. Bleistiftspitz, bisweilen auch stumpf. Eine Kinds- und Jugendheimat, die ich sommers immer habe wortverwaisen lassen müssen. Zumindest für die Dauer einer »fremdländischen« Urlaubszeit. Immer *Auf-Bruch*, immer *on the road.* So entstanden mediterrane Orte wie W:orte; und umgekehrt. Schreiben wurde mir dennoch auch im Glutsandsüden zum Unterschlupf. Sobald ein Tag im anderen der Mehrkultur verinnerlicht war, aufbegehrte und sich widersprüchlich zeigte. Überall zu Hause und nirgends. Mitnichten einsam. Sondern ein Geborgensein und Bergen im Trost des Schreibens.

Jüngst vertraute mir Mutter einen ihrer Schätze in Sprache an. Sie sagte, ihre Lieblingswörter im Spanischen seien eigentlich ein paar andalusisch verwurzelte: *chumbos* (Kakteenfeigen) *biznagas*, (»Nachtjasmin-Gesteck«) und *boquerones* (Sardinen). Hätte sie noch *El Cenachero,* den Fischverkäufer, hinzugefügt – das Quartett der Málaga-Worte wäre sinnbildlich gewesen. Als ich sie darum bat, sich für ein Lieblingswort zu entscheiden, wählte sie *chumbos.*

Plötzlich fiel es mir wieder ein. Vater hatte auf den sich unvorstellbar langsam dahinziehenden Große-Ferien-Fahrten durch ganz Frankreich und ganz Spanien »heim« nach Andalusien, ohne es vorher anzukündigen, einfach angehalten. Zwischen Murcia und Granada. Beim ersten greifbaren Feigenkaktus am Straßenrand; hatte die Früchte *comme il faut* geschält und mit der schier zügellosen Gier eines Heimweh-Dürstenden seine bittersüße, ein ganzes Jahr lang aufgestaute Sehnsucht in einem Zug ausgeschlürft und herzenstief eingesogen. In Málaga angekommen, schenkte er meiner Mutter wenige Stunden später, nachdem er sich satt ausgeschlafen hatte, das kunstvoll arrangierte Aroma aus frischen Jasminblüten, aufgesteckt zu cremefarbenen *biznagas;* und verschlang alsbald sechs Wochen lang fast täglich die auf Bambusstäbchen aufgespießten, am Strandfeuer gegarten, mundgroßen Málaga-Sardinen – *los boquerones*. Ein Ritual, das meistens damit begann, dass er bereits am frühen Morgen von unserem Balkon aus den Fischverkäufer zu sich rief: »¡Cenachero, aquí! Hier, im dritten Stock!« Ich habe den Sang der Korb-Männer, die ihren frischen Fang in den ersten Tagesstunden feilboten, heute noch im Ohr … »¡Jureeeeeeeles, boqueroooones, chanquetes!« Und *da capo*. So begriff ich allmählich das Gedicht in seiner oralen Tradition und den Hunger nach den rettenden Lebensversen einer Identität. Auch der kulinarischen.

Manchmal, an lauen Sommerabenden, setze ich mich ins Auto und fahre zur nächsten Autobahn. Das ist bei uns gleich um die Ecke. Der Rheinebene zu. Die A5. Ich ist dann ein Fahrtenschreiber, ein zurückgeklappter Beifahrersitz, ein Kindsbildwachgestöber. Ich ist dann ein heruntergekurbeltes Fenster, ein weiter Blick in den Rückspiegel, ins ferne und nahe Vorüberrauschen. Autos, die nach Süden fahren. Ohrenpilgerschaft und Geräusch-Kompositionen, die Musik sind. M:ein Ich richtet dann eine Bitte an den

Sound entlegener Zeiten, in mein Schreiben einzukehren. Die eigenmelodiöse Klangschrift der Erinnerungen. Für ein paar Augenblicke, die Stunden sind, Tage werden und Jahre. Dann fahre ich erst wirklich über Land und besuche meine eigenen Nomadenbiografie. Windbuchten mit Motoren. Die sich ins Vertraute der Entfernungen streckenden Kilometer zwischen dem Schwarzwald und Andalusien. Weltenreisen, Koffergeheimnisse, Mutterwörter. So koste ich, wenn es mich überkommt, die väterlichen *chumbos* und *boquerones*, rufe den *Cenachero* zu mir und selbst die Luft erfüllt sich im Nu mit einem seltsam bekannten Duftgemurmel aus Nachtjasmin, *biznagas*.

Ein Autobahnrastplatz kann ein Schreibtisch sein.

Heimat, 1 w:undgewähr

Prolog

M:ein Reisefieber hat Hunger. 1 immerwährendes Präsens des Ankommens. Auch körperlich: Koffer & Körperhaft. Ist Körper Heimat?

1 Nomadentum als Stütze der Vergänglichkeit.

Die einen lehrten mich »Sing! Sing: *Wir sind nur Gast auf Erden*!« Sie sprachen Alemannisch-Deutsch. Ich sang. Die anderen erklärten mir ganz unverblümt, wer ich letzten Endes sei: »¡Eres andaluz!« Sie wiederum auf Andalusisch-Spanisch. Mir blieb nur wenig übrig. 1 Meerdesaster & Hohe Tannen. Ich verw:ortete meinen *Wunderfitz* in Sprache aus der Notwendigkeit ins Überleben. Nicht dazwischen, sondern aufgewühlt. Davor, dahinter, mittendrin: 1 grünes Meer. 1 blaues Meer. 1 buntes Mehr.

Bald erreichte mich der Tod. Per Telefon, im Amt des Totengräbers oder aus den Schweineställen. Eines unverhofften Tages sogar herab von satt beladenen Langholzlastern. Am *Kinzigstrand*, so nannten wir das Flussvorland, lag plötzlich ein altes Rad und begraben unter Schwarzwaldfichten eine unbekannte Frau. Ein Augenblick, der innehielt. Gevatter *Unweigerlich* hatte angeklopft. Im Deutschen männlich. Im Spanischen ein Mantilla-Sensenweib. Die Zuversicht der Kindertage musste mit ihm oder ihr erwachsen werden. Auf einen Schlag.

Kurz danach waren die Brückenstreben leichenstarrer auf ein Neues nachgezimmert. In Stand gesetzt. Lebensstabiler. Als wäre nichts gewesen. Die Geländerhälften mutierten sich ins Scheinvergessen. Geranienrot geschmückt. Blutblumenkastenweise. Für die nächsten Toten aus Tod & Tödin. So bekehrte mich das fahle Paar und zog mich an. Ein Hemd aus Holz und Wundgeranien. Später las ich bei Johann Peter Hebel den Pfad der Würmer auf. Und Lorcas Frauen tanzten monoton. Trauerflorverschleiert. Notschwarz fremd- und nahverhüllte Stummgesichter. Masken. Fratzen.

1

Kann 1 Unterwegssein »Heimat« fluchten? Zu- und zungenzugespitzt: Das Herz hat 1 Zunge. Auch unter Schädeldecken hausen Zungen. Ich spreche vor und spreche nach. Misch mich ein. Ausgesprochen: Wortgehöfte und Nicht-Gesagtes. Kontinuierlich Stabenschwebe. Bücher. Ich webe. Auch das. Gedankensprünge im Herzgefähren. Herzgefähr wie in Hauch & ungefähr.

Wie nennt man 1 W:erden in Gefühlen & Gedanken? Ist das Herz 1 Bündel Hirnfunktionen? Das Hirn 1 hersinniertes Herzgeviert? Fühlvernunft? Gedächtnisleichentücher mangelnd? Herztotenhemdchen bügelnd?

Im Leichten dunkelt Schwere. Im Schweren schimmert Leichtes. 1 Lichtvergleiten. 1 Mundverströmen in die W:orte. Und keine Föhren, die Oliven leibten. Nur Muschelgrund der Wälder und weiße Nadelunterhaut der Gischt.

Großmutter zeigte mir die Fächersprache. Dennoch verriet sie nichts. Nicht einen Weg aus ihrer Welt. Seither ist Zeit Fiktion und Fremde leuchtet Nähe aus. Ich verstehe es bis heute nicht. Ich kann mich nicht daran erinnern, wann und wo ich zum ersten Mal um all die Nächte wissend zu mir sagte: »Ich verstehe (es) nicht.« So begriff ich, dass *Beg:reifen* lernen und verlernen übersetzt.

Der Beginn allen Begreifens ist Erfahrungswürde. Akzeptanz. Ich akzeptierte, dass ich nicht verstand und nahm (mich) deshalb an.

Annehmen. Schieres Nachbegreifen & Doppelw:ort im Deutschen! Als Hoffnung zeitensprengende Vision.

(*Auchwundersames* Deutschwort: HEIMAT. Wie zeichne ich mir »Heimat« her und welche Farben hat sie vorgegeben? Welche geben wir ihr? Und ich? Wo beginnen meine Skizzen?

Nehmen Sie Buntstifte, bitte! Wenn Ihnen das zu viel Verantwortung aufbürdet, nehmen Sie bitte einen Bleistift. Grau ist nicht Schwarz.)

2

Ist Heimatl:*ich* ein Zustand? Oder Bewegung? Unterwegssein? Im Zustand der Bewegung?

(»Heimath // Und niemand weiß // Indessen lass mich wandeln / Und wilde Beeren pflüken / Zu löschen die Liebe zu dir / An deinen Pfaden, o Erd / Hier wo – ––« Hölderlin.)

3

Flashback. Ich reise nach Pakistan. Das ist keine Fiktion. Aber vielleicht sind Raum- und Zeitverschiebungen willkommen Wahrgelogenes. Wirklichkeiten, die *Warheiten* schaffen. (Auch wenn es strenggenommen keinen Plural gibt von Wahrheit.) Und damit doch Fiktion. Reisen als Fiktion und Wirklichkeit zugleich. Besonders im Hinblick auf das Surreale im Interkontinentalgefieder: *miles & more real.* Und des Erzählens. Dem Ich & Ich hinterher – oder vorausgejettet. Auch ein Ziel. Ankünftig abschiedsnah verkommen.

Kleiner Rhythmuswechsel. Immer noch zeitverschoben. Eingeladen zum (internationalen) Literaturfestival in Karatschi werde ich als »German Spanish Author« angekündigt. Ich füge mich. Die Zuteilung stimmt und stimmt doch nicht. Was »Spanisch« ist, war mir schon immer 1 Fragwürdiges. Was Deutsch ist, auch.

Was, wenn ein Grenzbeamter dich aufforderte: »Sei«? Sänge ich? Spräche ich vom Amt des Totengräbers?

Zwischenlandung in Doha. Die Waschbecken auf der Toilette im Transitbereich sind von Duravit. Die Firma hat ihren Sitz in Hornberg. Zumindest was die Produktion sanitärer Schüsseln und sonstiger Becken anbelangt, ist der Handel mit der Schwarzwald-Marke nicht ausgegangen wie das sprichwörtliche »Hornberger Schießen«. Ich denke an Arbeiterhände. An die der spanischen Gastarbeiterinnen und Gastarbeiter, beispielsweise. Für viele ein Leben lang Duravithände. Duravitschweiß. (Pathos mit inbegriffen.) Duravit könnte frech-salopp ins Deutsche lauten: »Hält ein Leben lang.«

Katar ist nichts anderes als ein dreistündiger Zwischenstopp. Ein Kurzaufenthalt. Ohne größere Vorkommnisse. Oder doch? Vielleicht dies noch: Die Aufmerksamkeit des Bodenpersonals im Flughafengebäude ist eine initiierte Form der Kontrolle. Das ernste Spiel mit Reisepässen & *Identity Cards* an Marionettenschnüren. (Altgediente Kleist-Parabel.)

Ich denke an »Heimat«. Wer kontrolliert den Heimatbegriff? Ist »Heimat« Schutz? Hilflosigkeit? Und was heißt »heimisch«?

(Spielen Sie die Wörter durch: Einheimisch versus Ausheimisch; hineinheimisch, herausheimisch usw.)

Fremdheit ist eine Schattenbegleitung, ein Vertrautes. Vorsorglich, nachsorgend. Ich nahm mich zurück. Die Toiletten waren schnell vergessen. Die Arbeiterhände bald im Handgepäck. Verstaut.

»Erinnerungen schmuggeln« könnte ein schön-illegales Bild für »Heimat« sein. Kein Scanner, der die eingewirkten Gedächtnisfetzen erfasste.

»Was haben Sie zu verzollen?« – »Einen Albt:raum!«

4

Dieser Text trägt keine Botschaft. Er *verzungt* sich. Wie in Züngeln. Nach Sprache züngelnd. Die Farben des Zockens reichen nicht aus, um zu überleben. Aber die Politik – ja, *aber* (Absatz und Leerzeile)

*die Politiker*innen.* Und die Biografien. Eine Käfighaltung. Unsichtbare Gitterstäbe. Das Verdrängen gelebt, verlebt.

Dieser Text ist nutzlos, wie ein Gedicht nicht auf Nutzen aus ist. Nur die Wörter zeichnen weiter Wunden auf. Erfahrene Leiber. Narben. Gesprochene Rebellionen.

Wörter st:erben, wenn sie verlassen werden. Niemand bittet um Vergebung. Nicht der Schrank, nicht der Stuhl. Auch der Tisch bittet vergebens um den Menschen. »Bitte nehmen Sie nicht Platz!«

Zwischenbild. Mitunter versteckten Heuballen 1 Spätsommerglück. Dort reichten ein paar Pinienkerne in der Hand, um unterzuschlupfen. In einen Geschmack. In einen Geruch.

Niemand fragte meine Nase *woher kommst du?*

Das aufmerksame Ohr folgt keinen Anweisungen. Wer »man« ist, weiß ich nicht. Genau so wenig, wie ich weiß, was Spanisch ist, was Deutsch. Wie definiert der Philosoph »Gehorsam«. Die Zugehörigkeit meiner Finger war nie zu zähmen. Nur die Daumen machten sich eines Tages selbständig. (Nach oben nach unten nach oben etc.) Wie viele Daumen anderer gehören zu meinen Daumen? Hören meinem Daumen zu?

5

Ein Schüler meinte bei einer Schreibwerkstatt in Essen (ich paraphrasiere): »Die perfekte Mischung aus Russen und Libanesen in unserem Viertel sorgt für ein perfektes Miteinander.«

Wenn Grenzbalken Vorhängeschlösser werden, streiken die Türen, rufen Fenster den Aufstand aus. Nachts schlafen sie. Manchmal. Ich stelle mir vor: Bullaugen und Luken. Kurz vor dem Ertrinken. An den Grenzbalken ertrinken.

6

A. liest keine Tageszeitung. Könnte folgende Antwort eines Heimatministers auf eine Interviewfrage Grundlage für eine Schreibaufgabe für Schüler*innen sein? Ein Schreibanlass?

»Heimat ist für mich Ingolstadt und Bayern. In Ingolstadt bin ich aufgewachsen und zur Schule gegangen. Und Bayern ist für mich der Teil des Vaterlandes, wo ich Halt verspüre. Das braucht jeder. Da muss auch der Staat mithelfen. Heimat ist aber nicht notwendigerweise die Region, wo jemand geboren ist. Menschen können auch eine zweite Heimat haben, wo sie hingezogen sind, wo es ihnen gefällt, wo sie Freunde haben. Ganz nach dem bayerischen Lebensmotto: Leben und leben lassen!«*

7

Der Annäherungen wären gar viele. Ich habe mich für 1 Münden entschieden. Ein Sprech- und Sprachmünden. In jeden Fluss mündet ein Meer. Poesie. Danach erst wären, nein, sind Gaumen & Garten. Gaumengarten. Nicht nur weil sprichwörtlich die große Unbekannte X, die Liebgefährtin, *durch den Magen … und manch bittersüße Erfahrung auf den Magen …* ein Herzbauchgefühl gebiert Worte *oder/und* macht mitunter sprachlos. Auf die schönste oder bitterste Art und Weise. Die liebende nämlich. Mir hingegen schenkt das Nicht-Sagbare meist 1 Wörterneu. Auch dort, wo Begriffe weit in Traditionen und Bräuche weisen und aus dem Heutigen ins Überlieferte zurücklangen, sich beugen; »kerd« und »heart«, »corazón« und »Herz« sind Nachgeborene sind. Abkömmlinge eines W:ortes, das (sich) aus dem Sanskrit Wege (er)fand. Grammatik hin, Grammatik her.

Die Grammatik der unübersichtlichen Tage schafft neue Überschaubarkeiten. (Spalten Sie die Wörter, schneiden

* Marc Röhlig, »Seehofer überlegt, die Grenzen dicht zu machen«, in: *Der Spiegel*, 18.03.2018.

Sie Wörter in den Wörtern aus! Der andere Blick schenkt andere T:räume!)

Sprache dehnt sich oder zieht sich zusammen. Am Herzschlag entlang. Gedankenströme paddelnd. Luftruder. Die Hände luftrudern. Eine Frage der gesellschaftlichen Witterungsverhältnisse.

8

Bahn frei Kartoffelbrei un e Stickle Wurscht debei – so hatten wir als Kinder vor den Abfahrten gerufen; die Schlitten hand- oder fußklammerfest im Griff. Bisweilen auch nicht. Vor allem dann nicht, wenn wir auf dem Bauch lagen und eine verbunden offene Kette bildeten. Als mutige Scharniere für angehakte, nachkommende Schlitten. Je länger die Schlange, um so freudenreicher die Schwarzwaldbuckelabenteuer. Wer den Anfang machen durfte, war schneegekrönter Pistenkönig. Eine Art natürlicher Heimatminister.

9

Früh waren die Sprachreviere abgesteckt. Oder waren es Jagdreviere? Ich gebe zu, das Wort »Revier« verführt. Was mundete, mündete. Nicht umgekehrt. Und Fragen schienen wichtiger als Antworten. Sch:einen bedeutender. Immer noch. Was folgt nach der Schonzeit?

10

Was de Buur nit kennt, frißt r nit. Aber: das Bauernbrot. *Pan cateto.* Und grenzwertig, die Vorurteile. Die sichtbaren. Insgeheim war Bauernbrot das Schmackhafteste auf dem Tisch. Zumindest für meinen entdeckenden Kindsgaumen. Im Mund trafen sich die Welten, versöhnten sich am Appetit auf mehr. Kann man von einem Gaumen der Zeit sprechen? Von dem, was unter bestimmten Umständen und noch bestimmteren Jahren eins wurde oder sich entzweite. Vielleicht ist Entzweiung eine der Voraussetzungen, um eins zu w:erden. *E Honigstricher* ist kein *pan con tomate.* Knoblauch und *Onkebutter* sprachen meine Lust. Sprechen, ohne sich beweisen zu müssen.

Musste ich Spanisch können, um Deutsch zu verstehen? Und wo lag das Andalusische? Wo das Alemannische? Auf welcher Karte meiner Fantasie? Ich stelle mir 1 Mehr vor. Und frage mich: Wer kann mich des *Mehres* verweisen?

11

Irgendwann war ich mehrsprachig, aß ich mehrsprachig. Lernte, lachte, liebte; lernte. Mehrsprachig. Sich ein Wort auf der Zunge zergehen lassen ist ein Geschenk. Herzhirnzungen. Ein körperliches *Seelencadeau. Du cœur.* Fühlbar. »Brotwärme« war ein Wort, das mir in jungen Jahren wurde und ins Offene der Sehnsucht schmeckte. Worte. Gaumenw:orte wie bedingungslose Zärtlichkeiten.

12

Wohin mäandert dieser Text, will er auswandern, möchte er etwas verr:ändern? Ich kann es nicht genau sagen. Und das ist gut so. Der Text selber schreibt ungefragt mit, wo ich mich auf die Suche begebe, dem Wort zu begegnen, auch den W:orten, die mir eines der schönsten der deutschen Sprache heranahnen: »Heimat«. In aller Hilflosigkeit unheimlich heimisch.

13

Ist »Heimat« ein Gütesiegel? Wenn ja, wer verleiht es? Eine erinnerte Schlittenfahrt? Ein Langholzlaster, ein Verw:orten? Oder das Amt des Totengräbers?

Epilog

Die richtenden Daumen sind zurück. Ob m:einer dabei ist, der … ? *Ich weiß nicht, was soll es bedeuten, dass ich so …*

»Wenn ich einst tot …«
1 Entwurf. 1 Tristolog

Entre e sono e sonho
entre mim e o que em mim
É o quem eu me suponho
corre um rio sem fim.

Fernando Antônio Nogueira
de Seabra Pessoa

Zwischen Schlaf und Traum
zwischen mir und was in mir ist,
und was ich vermute zu sein,
fließt ein unendlicher Fluss.

Jede Entscheidung sei auch Verzicht, sagt Spinoza, und die Emigration, sinnierte einst mein Vater, verändere die Identität des Menschen. Zwei Sätze, die mir früh die Gültigkeit einer Erkenntnis schenkten. Sie wurden zum Fundament einiger der mit ihr verbundenen Wahrnehmungen und schnürten mir ein proviant- und segensreiches Wanderbündel. Es käme noch ein Satz hinzu, der mir schon in jüngsten Lebensfragen Antwort wurde. Er ließ mich auch im Nachhinein immer wieder innehalten, sodass ich viele meiner Standpunkte oder Entscheidungen von einer anderen Warte aus betrachten konnte. Ich weiß nicht mehr genau, wer es war, der ihn mir sagte, als er vernahm, dass ich einen spanischen Pass hätte. Ich glaube, es war ein kleiner Junge aus Südamerika. Aus Peru. Die Ausbeutung der Kolonien, so ließ er mich *gringuito* wissen, habe Europa reich gemacht. Wer wollte dem widersprechen?

Initipa huajascar huajaini – »Von der Sonne geweinte Tränen«, heißt *Gold* auf Ketschwa.

Was könnte ich noch erzählen von meiner Beziehung zu jenen Sätzen, die mir inhaltlich wie sprachmelodisch Wegweiser aufstellten und mir ungeahnte Horizonte erscheinen ließen. Welchen der vielen zitieren? Vor allem derjenigen, die mich bis heute prägen? Diesen vielleicht noch: »Geschichte scheint, besser gesagt, Geschichte ist ein Teddybär im Schlamm.« Ein Bild, das frieren macht. Mit einem einzigen Satz gefrieren. »Keiner gefriert anders«, fällt mir ein. Der Titel eines Lyrikbandes von Joachim Sartorius. Geschichte ist ein Teddybär im Schlamm. Der Satz greift nicht nur ins Vergangene. Er entpuppt sich gerade in diesen Tagen in einer erschreckenden Vehemenz und mit einer unverhofften Plötzlichkeit. Vertreibung. Flucht. Exil.

Zeit nagt an den Sätzen. Nagt sie ab vor Tod. Bis zur Knochenkenntlichkeit.

Ich dachte oder denke an die Sätze, denen ich bald in meinem Leben begegnete, bald als »Herkunfts-Spanier«, der ich in meinen Kinderjahren und als Heranwachsender zu sein *gewesen hätte bin* (pardon, ob der grammatischen Fehl-Zeiten und Schräg-Konjunktive). Bald als jemand, der in Deutschland, in der *alten* Bundesrepublik Deutschland, »Auch-Spanier«, »Obwohl-Spanier«, usw. usf. gewesen ist, sei? Ich fasse deshalb meine Satzverliebtheit und deren *aficionado*, also mich, ins Ungefähre zusammen. In einer vorläufig gehaltenen Wort-Synthese zweier kurzer Sätze, die einen Rand bedeuten. Mit mir eins im Weitergehen: »Ich nehme wahr. Ich bin ein »W:ander-Andalusier«.

Manchmal, wenn ich im Sommer bei offenem Fenster schlafe, die Nacht lang gewesen ist, und ich mir den vermeintlichen Luxus der Freischaffenden erlaube, länger zu ruhen als üblicherweise, weil sich der Schreibfluss wieder einmal der Stille der einsameren Stunden und dem Wort ergeben musste, höre ich von der Straße her ein paar mir sehr vertraute Stimmen. Drei Männer, die ich von klein auf kenne, die ein Teil meiner Welten wurden. Kaum, dass ich gehen und zwischen den fremdfernen Schattenikonen einiger Olivenbaumgestalten und den vor allem im Winter rätselknorrigen Silhouetten der Schwarzwaldtannen einen kühlen, nicht unbedingt kalten Unterschied feststellen konnte. Auch wenn dieser manchmal hitzig war. Die Männer sind die letzten der für uns, ihren Kindern, unglaublich verschworen wirkenden Gemeinschaft, die nach und nach aus *meinem* Hausach *Mein andalusisches Schwarzwalddorf* gemacht hatte.

Unter meinem Fenster also, fast täglich, ein südklingendes, mediterranes Stimmengeplänkel und Wörterscharmützel, deren Lautkomposition und Rhythmen-Stakkato vom gemächlichen Gang leiser Schritte oder vom unerwarteten Stillstand bestimmt wird. Drei Männer unterwegs. Der eine, ein Don Antonio, der wieder einmal dezidiert konturierend von seinen Ersparnissen auf der *Caja de Ahorros* oder in der *Libreta de Emigrantes* spricht. Der verheißungsvollen *Sparkasse* spanischer Variante und ihrem »Sparbuch für Emigranten«. Ich höre fast, wie er überschwänglich gestikuliert. Ein Crescendo, das zum Leib-Bild mutiert. Mit einer den Morgen durchdringenden, energisch spitzen Stimme. Ein messerscharf vibrierender, hoher Tenor. Dann der andere, dem die beispiellose finanztechnische Ermahnung kraft des monetären Eigentums wohl galt. Auch er ein Don Antonio. Welch Zufall! Ein zweiter dieses Namens, der dem ersten Don Antonio nicht minder ausdruckswillig Paroli bietet, indem er jenen fragt, weshalb er immer noch den verdammten Fehler begehe, an Spanien zu glauben. An diesem Land festzuhalten. Überhaupt, sich so an ein Spanien zu klammern, das er ja schließlich hätte verlassen müssen! Und weshalb er immer noch der Illusion nachhinge, er würde einst wieder zurückkehren! »¡Y eso a tu edad!« *Und das in deinem Alter*! Ein gesegnetes Gastarbeiteralter von 80 Jahren. Obschon der zweite die 80 ebenfalls überschritten hat und natürlich alles, so meinte er, im Leben verloren habe. Außer seinen Kindern und natürlich dem Sparkonto. Bis dann der dritte, kaum zu glauben, ein weiterer Don Antonio, allerdings nicht aus Málaga stammend, sondern aus einer kleinen

Provinzstadt in der Nähe von Barcelona, bis sich dann der dritte – die Rituale lassen grüßen – ebenso unüberhörbar vehement werdend und damit mächtig schlichtungsbereit anschickt, zwischen den etwas jüngeren Don Antonios so freundschaftlich wie entschieden zu vermitteln. Der Dritte im Bunde – das mag die Geste nachvollziehbar machen, die Situation nicht eskalieren lassen zu wollen, geht stramm auf die fünfundachtzig zu. Eine mögliche Erklärung seiner Gelassenheit. Während der zweite Don Antonio einen eher rauchig monotonen Schleier-Bass dumpf in die Morgenlandschaft stößt und auf das kantig Dröhnende des ersten reagiert, kann dem dritten der Antonios durchaus ein eher scheueres, wundzarteres Alt in der Stimme zugehorcht werden.

Immer wenn ich auf diese Art und Weise vom antonesken Sommerstraßenwecker aus dem Schlaf geholt werde, frage ich mich, welche der drei Spanien- und Sparkassen-Positionen Vater wohl bezogen hätte. Denn sicherlich wäre er der vierte im Bunde der allmorgendlichen Gast(arbeiter)-Spaziergänger gewesen. Obwohl er weder Antonio hieß noch ein übermäßig gut angereichertes Sparkonto mit Emigrantenvergünstigung sein Eigen genannt hätte bzw. hatte. Die Vorstellung genügt, dass mein Vater der vierte der spanischen Disputanten hätte sein können, und mich überkommt augenblicklich ein trauriges Gefühl. Eine vage Verlorenheit. Eine Sehnsucht nach längst abgelegten Tagen. Schönes samt seinen Widersprüchen. Vorbei und doch präsent. Vorbei.

In Hausach im Schwarzwald gab es einst über dreißig spanische Familien, die allesamt, bis auf zwei oder drei, aus Andalusien kamen. Die meisten der »eingewanderten« spanischen Gastarbeiter sind heute in rapide abnehmender Zahl entweder in ihr Geburtsland zurückgekehrt, leben dort von ihren Erinnerungen – wohl temperierte Ersparnislücken – und von ihren Arbeitsrenten. Oder sie sind, hier wie dort, verstorben. Nur ein paar wenige pendelträumen noch zwischen dem, was Heimat war und *Heimatt* wurde. Niemals Heimat ist. Heimatalt und heimatneu und im Irgendwo ein Irgendwie. Bis hin zum Irgendwer und Irgendwann der Illusionen.

Es gibt kein wirkliches Wort, das den Umstand der Vergänglichkeit benennen könnte, den Lauf der Zeit. Denn selbst das Bild vom *Lauf der Zeit* ist zu banal. Ein Memento allenfalls. Dargestellt durch die unsichtbaren Särge. Nichts, das auflöste, was Trost bedeuteten könnte. Geblieben sind die Kinder. Kindeskinder, Urgroßenkel. Punkt.

Memento

Cuando yo me muera,
enterradme con mi guitarra
bajo la arena.

Cuando yo me muera,
entre los naranjos
y la hierbabuena.

Cuando yo me muera,
enterradme, si queréis,
en una veleta.

¡Cuando yo me muera!

Federico García Lorca

Memento

wenn ich einst tot,
begrabt mich mit der gitarre
im sand.

wenn ich einst tot,
zwischen den orangen
und der minze.

wenn ich einst tot,
begrabt mich, wenn ihr wollt
auf einer wetterfahne.

wenn ich einst tot!

Die erste Begegnung mit Federico García Lorca war eine zärtliche. Eine zarttraurige. Ein Aufhören machendes, melancholisches Nah- und Näherkommen an das spanischsprachige Wort *anhelo*. Ein Begriff, den ich mit *Sehnsuchtsatem* übersetzen würde. Dessen Ursprungslaut jedoch das *Letztausleibende* des Atems birgt. Ein Bis-zum-letzten-Atemzug-Begehren. Die Leidenschaft der Niederlage im Trauerseufzer aufgehoben. Im Spanischen ein Ammenweib. Frau Tod, die sich verzehrt. Nach Leben giert und sagt: »Ich kenne Dich!«

Mutter war es, die uns mit ihr, der *Tödin*, und mit Lorca, dem Poeten, der den Tod nicht floh, den Widerruf ins Eigene des Hörens schuf. Sie sang das Wiegenlied der beiden Kontrahenten. Jene *nana*, die der Dichter, wahrscheinlich im Auftrag des aus Cádiz stammenden und teilweise in Granada lebenden Komponisten Manuel de Falla, in den 1920er Jahren aufgestöbert hatte. Mutter sang die Lebenstodesweise, die beide m:eint, Kind und Mutter. Wie viele seiner Lieder, die den Tod nicht bannen und die den Lebensruhm der Welt erlangen sollten. Bestimmt auch deshalb, weil sie die vielkulturelle Universalität Andalusiens, jene vielbesungene Symbiose der Kulturen, bei der Orient und Okzident ins Moll verschmelzen – manche sprechen gar von Synthese: 1 Córdoba – in sich tragen, von der aber heute nicht viel geblieben zu sein scheint … Trauer – so liegt der Verdacht nahe – verbindet die Völker stärker als die Lust einer wie auch immer gearteten Siegesfeier.

Später begegnete ich Lorca in Lorca. Auf einer jener sich endlos ziehenden Heimwärts-Fahrten der Eltern, die zu Beginn der Sechzigerjahre im vorigen Jahrhundert nicht immer finanzierbar waren, die sich jedoch bald, mit zunehmendem Wohlstand, jeden Sommer ereignen sollten, und uns sechs Wochen lang aus der Vorstellung in die Wirklichkeit der Vorstellung katapultierten. Fiktion als Gezeitenpaar. Und wir gestrandet.

Als Kind dachte ich, Lorca, der Ort, sei nach Lorca, dem Dichter, benannt. Ich sollte mich täuschen. So wie ich mir bei der Lektüre eines meiner ersten Bücher, die ich mir selbst gekauft hatte, auf den sprichwörtlichen Buchdeckelleim gehen sollte. Ein Roman, den ich, ohne ihn aus der Hand zu legen, in einem rasanten Lesedrang verschlang: *Die Kinder von Torremolinos*. Das Taschenbuch, das ich als Zwölfjähriger in der Auslage einer Buchhandlung entdeckt hatte, musste damals sofort meins werden. Sein vielversprechender Titel war mir, meiner Herkunftslogik folgend, förmlich in den Kopf gesprungen. *En passant* sei eingeworfen, dass mir diese schiere Identitäts(v)erklärung das verwirrte Herz selbst bis noch kurz vor dem erregenden Aufbruch in die aufwühlenden Teenagerverhältnisse mit großem Widerstand und dessen ungeachtet noch lange danach kindsverankert blieb. Doch zurück zu Micheners Roman. Es schien mir sonnenklar und mondlogisch. Wenn das Buch von *den* Kindern aus Torremolinos sprach, dann musste Vater in dem Werk eine Rolle spielen. Schließlich war er in Torremolinos geboren worden. Der Titel hieß ja nicht *Ein paar Kinder aus Torremolinos*, sondern

Die Kinder von Torremolinos. Ich las und las. Seite um Seite nach seinem, Vaters Namen Ausschau haltend. Nach allen seinen Vor- und Nachnamen suchend und konnte ihn partout nicht finden Nichts zu machen. Keine Spur von ihm. Hätte ich den englischen Originaltitel gekannt, wäre es vielleicht anders gewesen. Was heißt vielleicht, bestimmt! Denn Vater war alles andere als ein *drifter*, ein Herumtreiber oder Landstreicher. Wenngleich das Land, die Länder … nun ja …

Als ich den letzten Satz gelesen, was heißt gelesen, in mich hineingefressen hatte, brach es wie ein, sagen wir, literaturkritischer Urknall aus mir heraus. Ich schimpfte auf James A. Michener wie ein Rohrspatz. Von seinen Publikationen wollte ich nichts mehr wissen. Für mich hatte der Mann aus den USA versagt. Lüge und Verrat. Und doch war nur der Titel allein für meine Irrgedanken verantwortlich. Später hingegen half mir diese Erfahrung zwischen Fiktion und Wirklichkeit, nicht nur m:einen imaginären Faden der Vorstellung, sondern ein ganzes Netz aus Wahrheiten mäandern und poetisieren zu lassen. Zum Glück.

Vater konnte mit Lorca wenig anfangen. Literatur war nicht sein Ding. Nichtsdestotrotz erlebte ich ihn zeitlebens als leidenschaftlichen Fabulanten. Geschichten entspannten ihn. Meistens erzählte er aus seiner Kindheit in Málaga. Natürlich auch in verbalen Unberechenbarkeits- und Freudensprüngen aus seinen Jugendjahren. Nicht von ihnen. Aus ihnen. Reine Pubertätspurzelbäume. Selbst im Nachhinein. Er rollte förmlich aus den Geschichten heraus. »Schon früh waren wir, unmittelbar nach dem Bürgerkrieg, von Torremolinos nach Málaga, in die Hauptstadt der Costa del Sol, gezogen. In einem Pförtnerhaus haben wir gewohnt. Eure Großmutter, euer Onkel und ich.«

Ein paar Wochen vor seinem Tod sollte Vater einmal sagen: »Der einzige Fehler, den ich in meinem Leben gemacht habe, war zu glauben, dass ich immer jung bleiben würde.« Das war s:ein Satz. In eine Zeit gesagt, in der ich mir das Alter noch nicht vorstellen konnte. Altwerden und Alt-Sein war, wenn überhaupt, mit den Großeltern in Verbindung zu bringen. Nicht mit Vater und Mutter. So lebendig, kraftstrotzend und abenteuerlustig seine Geschichten auch waren, schon früh, und nicht nur einmal, sagte Vater zu uns Kindern: »Wenn ich einst tot bin, dann begrabt mich dort, wo aus der trockensten Erde noch eine Blume wächst!«

Jener Sommer, der ihn sterben sah, roch nach Kamelien und schaute Zypressen. Ein Sommer, der davonkroch. Nachtsüchtig. Schleppend. Wie ein Mensch ohne Sprache, aber in Bildern. Ein Sommer, der ertrank. An sich selber unterging. Die Plötzlichkeit der Altheit, die sich die fernen Körper holte. Heimholte. Und die nahen, die toten, die lebenden Körper. Unsere. Es war August. Ein Vater-August. Seither trägt der Tod die Abschiedsschwere des Heumonats: »augustverinnert 1 sterben« sollte ich irgendwann schreiben und die Zeilen »kehre wort um wort zurück / und vertraue dem ende«. Vorweggenommen 1 Alt und 1 Sein. Dazwischen 1 nacktes (Nicht-)Haben. Davon der

Konjunktiv und alle anderen Konjunktive. 1 bloßes Hätte, ein nacktes Was-wäre-Wenn. Nur dass er, der achte, damals – 1995 wars, an einem 26. des Monats – nie wieder ein hemdsärmelleichter sein würde. Kein Spiel, das uns kindssommerlange Abendstunden um die Schultern legte, sondern das dunkle Tuch der letzten Gewissheit umhing. Tod als erste Ahnung einer Ankunft, die Abschied meint.

Vater hatte es geschafft. Es war ihm gelungen. Wir waren angekommen. Zum ersten Mal in unserem Leben band er uns wirklich an Andalusien. Was er immer und immer wieder versucht hatte, geriet ihm durch seinen Tod zum Lebenserfolg. Seine Hinterlassenschaft. Ein Vermächtnis. Andalusien war keine verführerische Sehnsucht mehr, *un anhelo*, sondern ein toter Körper. Eine Friedhofsmauer. Eine Marmorplatte. Eine sich erfüllende Hoffnung, die *muerte* hieß. Frau Tod. Bizarr.

Wie vergessen, als hätte man uns nicht abgeholt, standen wir um einen heruntergekühlten, offenen Sarg und blickten auf ein Gesicht hinter dickem Glas. Wir wollten oder sollten ihn nicht mehr wiedererkennen. Vater.

Er lag da. Ein Fremder. In seiner von ihm so oft beschworenen Heimat Andalusien 1 Fremder. Uns ein Fremder. Schmerzlicher hätte der Anblick nicht sein können.

Der Tod unseres Vaters hatte uns alle noch einmal in Málaga versammelt und ich dachte – soweit ich überhaupt noch imstande war zu denken: »Ein alter Elefant. Wie ein alter Elefant, der sich aufgemacht hat, um mit sich selber ins Reine zu kommen. Zurückzukehren. Heim. Dorthin, wo Heimat Ursprung ist.«

Als wir Kinder waren, wurde uns erzählt, dass ein alter Elefant, der den nahenden Tod verspüre, als habe er einen gewaltigen Hunger, sich von der Herde entferne, um allein jenen Ort aufzusuchen, an dem er zu sterben gedenke. Die Herde ziehe weiter. Der Tod bleibe zurück. Niemand wisse, wo genau sich die Elefantenfriedhöfe befänden. Nur sie. Dass Elefanten ein faszinierend langes Gedächtnis haben, weiß ich. Ob der Mythos ihrer Friedhofswahl stimmt, weiß ich nicht. Ich will es auch nicht wissen. Mir genügt die Metapher des Rückzugs. Das Gleichnis der väterlichen Einsamkeit. Sie ist bei dieser »Ersten Generation« – eine *lost generation* hatte ich einst frei nach Gertrude Stein formuliert – zum Lebenssinnbild geworden. Wie ehemals ihre »Aufenthaltsgenehmigungen« und »Arbeitserlaubnisse« und der Status »Gastarbeiter« schiere Parabeln waren. Bis heute sind die Stempel nicht verblasst, die behördlichen Begriffe Stechuhrzeichen.

Mutter hatte uns Geschwister Minuten zuvor – wir waren mit einer der unzähligen Chartermaschinen zwischen Hunderten von sonnenhungrigen Touristen von Frankfurt aus am Tag der Todesnachricht nach Andalusien geflogen – auf der Freitreppe des städtischen Beton-Gottesackers in Málaga mit den Armen voller Unfassbarkeit empfangen. Gibt es so etwas wie eine welke Kraft der Nähe? Wir konnten in jenen Stunden ihrer schutzlosen Trauer keine Welten, keine Zeiten mehr voneinander unterscheiden. Als wären alle Gezeiten eins. Das zusammenstürzende Konstrukt der Zeitvorstellungen. Ihre Rhythmen, wenn Trauer stürzen macht und Not.

In der Todesanzeige, die wir später in Deutschland in beiden Kinzigtäler *Heimat*zeitungen aufgaben, stand zu lesen: »Er wollte in seinem geliebten Andalusien den Urlaub verbringen und musste dort seine Lebensreise für immer beenden. Wir trauern um Francisco Agüera González, der für uns alle *unfassbar* am 26. August 1995 in Málaga verstorben ist. Seinem Wunsch entsprechend haben wir ihn in seiner Heimat beerdigt. Hausach/Málaga, im September 1995.«

Unsere Mutter war am 1. November 1960 in Hausach eingetroffen. Vater ließ sie nachkommen, nachdem er schon ein paar Monate zuvor in einer Metallfabrik angefangen hatte zu arbeiten. Nachkommen in ein Land, das Zukunft bringen sollte. Zumindest ein paar Ersparnisse, um zu Hause in Málaga eine Existenz aufzubauen. Damals war Europa (von Andalusien aus gesehen) ein ferner Zauber. Mindestens fünf Tagesreisen von jeglicher Wirklichkeit entfernt. Züge, die gewechselt werden mussten wie Landschaften, die nichts voneinander wussten. Oder Bahnhöfe, deren Namen Omen schienen, wenn man sie hörte. Madrid Atocha, Paris Gare de Lyon. Paris Gare de l'Est. Dazwischen und danach zermürbende Wartezeiten an zwei Grenzübergängen. Der eine Irún. Der andere Kehl. Spanien war längst noch nicht Europa. Deutschland schon eher.

Nicht jenes Europa, an das wir heute denken mögen und das sich im Augenblick selber erneut in Frage stellt.

Deutschland gehörte damals für meine Eltern zu jenem Versprechen von Freiheit und Fortschritt, das hinter den Pyrenäen begann. Erneut Wirklichkeit und Fiktion in einem. Was für Spanien und die Diktatur, die sie großzügig eigennützig zur Arbeit im Norden ziehen hieß, nicht zutraf. Dort herrschte Wirklichkeit. Bloße Wirklichkeit. Die leeren Töpfe quollen noch über vor lauter Bürgerkrieg und seinen Gespenstern, die fast 40 Jahre den Geist bestimmten und die Gitter vor den Mündern in die Herzen zementierten. Was sie jenseits der Grenzen erwarten würde, waren allerdings Erzählung, Traum und Illusion. Die Reise von Málaga über Madrid, Irún, nach Paris. Schließlich die Strecke von der Gare de Lyon zur Gare de l'Est, dann nach Strasbourg und Kehl, sie dauerte Tage. Mehr als Tage, Jahre. Mehr als Jahre, ein ganzes Leben.

Was habe ich ihn gefürchtet den Tag, an dem ich morgens bei offenem Fenster wieder einmal die Stimmen der Antonios hören und dabei feststellen würde, dass es keine drei, sondern nur noch zwei wären. Dann würde sich eine jener Fragen erneut stellen, die nur im Konjunktiv Antworten finden. Irgendwo zwischen Herkunft und Heimat. Mittlerweile liegt dieser Tag längst hinter mir. Und auch der Tag, als es keine zwei mehr waren.

Wieviel mehr habe ich den Tag gefürchtet, an dem Mutter sterben würde. Und auch dieser Tag ist gewesen. Kurz zuvor, schier nebenbei, hatte sie mich gefragt, ob ich denn glaube, dass sie, im Nachhinein betrachtet, eine schlechte Ehefrau sei – unsere Eltern waren 44 Jahre zusammen – ob sie, fragte sie, im Nachhinein eine schlechte Ehefrau sei, wenn sie nicht in Andalusien an der Seite meines Vaters, sondern in Deutschland, in der Nähe ihrer Kinder und Enkelkinder bestattet sein möchte.

Auf der schlichten Grabplatte meines Vaters auf dem Friedhof in Málaga steht in silbernen Buchstaben, das erste Gedicht von mir, das in Spanien veröffentlicht wurde:

Francisco Agüera González
Málaga – Hausach – Málaga
Ein Tod
ist ein Tod
ist ein Tod
ist ein Tod
ist kein Tod
wie jeder andere

Ausschließlich in deutscher Sprache. Ich wollte, dass dereinst die Kindeskinder und ihre Kinder …

Boquerones versus Metzelsupp E Säcklestreckerbrief namens W:undverwortung & W:andersprech

Wie sich das Andalusische ins Alemannische vernarrte und das Alemannische mir den Süden anbranden ließ

Vor der Kunst des Schreibens war die Kunst des Sprechens. Die Mündlichkeit des Erzählens. Und vielleicht ist jede Frage letzten Endes die barfüßige Antwort auf die menschliche Neugier, die alles wissen und doch nie befriedigt sein will. Deshalb gleich zu Beginn eine Frage, die sich mir beim Schreiben mehrfach in die Quere stellt. Durchaus mit positiver Wirkung: Was setze ich voraus, wenn ich erzähle? Antwort: alles und nichts! Und eine zweite, der ich mich ebenso selten verweigere: Was setze ich voraus, wenn ich frage? Antwort: nichts und alles! Damit wäre die literarische Absicht dieses Textes ins Offene geklärt und zugleich kommt mir eines meiner alemannischen Lieblings*wörtle* wieder in den Sinn: *wunderfitzig*. Gleichsam als Aufforderung, mich meinem unvollständigen Erzählmosaik zu stellen: »Blibb wunderfitzig!« Frei nach dem Motto Calderóns: »Ich war ein Narr und was ich gesehen habe, hat mich zu zwei Narren gemacht!« *Jo, de Wunderfitz*!

Nicht nur dieses zweifelsohne streitbare Wort hat mir das Alemannische in die Wiege gelegt. Bald zog ich mein *Narrenhäs* an, sprang und sang: *Hätsch di Mull mit Wasser griibe, wär dr s Geld im Beitel bliibe*! *Du bisch e Siech*! Völlig akzentfrei. Solch früher Erkenntnis aus unzähligen *Fasentsdäg* zu Dank verpflichtet, stehe ich noch heute oft selbstüberrumpelt da. E *Schämme* im Herzw:ort und – wie könnte es anders sein – »bin so schlau als wie zuvor«. Mit einem andalusischen Herkunftsklang im ausgesprochen *riigschmeckte* Namen *unere Saublooder in de Hond*. Den schlafenden Schalk im Nacken *un koi Fedrewisch*, der abgestaubt würde oder sich selbst abstaubte; von all dem, was gewesen sein könnte. Buchstäblich ein Gewinn *wi e alde Eseslskapp uffem Berzel* und mitnichten eine Niederlage der vagabundierenden Vernunft eines südlich-nomadischen Werdegangs im Gast-Norden der Arbeitsbeziehungen. Warum sind Sätze bisweilen nur Sternschnuppen? Doch zum Buch meiner poetischen Fragen später. Außerdem verspreche ich aufs Unverdrossenste: Ich w:erde schön-melancholisch abzweigen, im Folgenden natürlich maßlos übertreiben und Adjektive anhäufen, die mir sonst nur beim Anblick der Heiligen Jungfrau einfallen würden. *¡María Santísima!* Aber genug der Vorrede.

Vater war nie zu bändigen. Besonders dann nicht, wenn er aß. Essen war eine seiner genüsslichsten Leidenschaften, um nicht zu sagen: köstlichsten Tugenden. Sein bisweilen einem gewissen Nostalgie-Schmaus zugewandtes mediterranes Vater-Wesen offenbarte sowohl die barocke Fülle s:einer verwegenen Gastarbeiteridentitätserlaubnis – *¡Soy Gahtabeita y na máh!* – als auch den Mangel, den die Entbehrungen der Migration in jeder der Weisheiten bargen, die er für gewöhnlich nach einer seiner üppigen Schlemmereien alltagsphilosophisch von sich gab. »La memoria es un pez en tierra.« *Das Gedächtnis ist ein Fisch an Land, ¡Pescaíto!*

Manchmal reichte er uns seine Gedanken *sentimental* vorgekostet, zuweilen *patéticamente* abgeschmeckt. *Sentimental* mit *gefühlig* zu übersetzen und *patético* mit *pathetisch* wäre allerdings nur ungenügend auf den Punkt gebracht, also nicht *al punto*. Ja! Wir Kinder waren mächtig stolz auf *papá*. Meistens. Hin und wieder zeigten wir uns aber auch signifikant zögerlicher in der ansonsten unbekümmerten Euphorie oder der in aller Regel aufrichtigen Hochachtung, die wir für ihn empfanden, angesichts seiner mitunter ins Spektakuläre ausufernden lukullischen Passion: *su exagerada pasión de comer.* »Hin und wieder« bedeutet einmal im Jahr. In Andalusien. Weit, weit abgelegen – vom Schwarzwald aus betrachtet. Gleichwohl. Zwischen einem ausgelassenen Narrentreiben und einer triftigen Übertriebenheit, auch ohne *Schelle und Marotte,* ist Entfernung, das sei noch angemerkt, allenfalls *e Muggeseggele.*

Die unmittelbare Zeugenschaft, die uns dort *en Andalucía* an seinem sattsam unbescheidenen Mundbegehren teilhaben ließ, war ein ausladend meerkulturelles Privileg erster

Güte, um es elegant zu formulieren. Verzehreskapaden, die sich stets anschickten, mit einer kühn inszenierten Schluckartistik jeglichen Hunger stillen zu wollen, wo immer ein paar Speisen bereitstanden. Auch den Appetit der anderen, die sich rund um die sandige Freilufttafel aus offenem Feuer *y pehcaítoh* versammelt hatten. Ein bemerkenswert verschwenderisches Freudenmahl darbender Herkunftsmangas. Doch selbst in jenen längst zu Anekdoten mutierten Stunden, in denen wir uns ein Gran schwerer taten, die erwartungsfröhliche Faszination oder die wohlgemute Wertschätzung für unseren Vater zum Ausdruck zu bringen, waren wir komplizenhaft mit ihm verbunden und von seinem Auftreten berührt. Es stellte sich freilich dann stets eine akute Irritation ein. Eine Art heiterer Verdutztheit und plötzlich aus frivoler Wollust zusammenzuckendem Schauder. Aber was solls. Es überwog das unbeirrbare Gefühl der Ergriffenheit, auch wenn diese mit einer respektablen Gänsehaut wetteiferte. *Con los vellos de punta*, wie die spanische Sprache die erschrockenen Härchen bezeichnet, die sich in bestimmten Situationen *ums Rumgucke* am ganzen Körper schockaufrichten und spitzerregt zu Berge stehen. Als wollten sie selbst auch unmittelbar daran partizipieren und um jeden Preis den Überblick bewahren, wie es die restlichen Betrachter des Einakters taten, die gebannt dem Melodram beiwohnten. Ganz im Bann des kulinarischen Ereignisses. Obgleich mit einer klitzekleinen Furcht, die sich, unter instinktiven Mit-Kontraktionen der Umherstehenden, mit einem Frösteln paarte und unversehens in ein sich Übergebendes auslaufen konnte. Quasi einem »Oh, Gott, mir wird gleich schlecht!« –

wenn nicht gar »kotzübel!« Nichtsdestotrotz! Wie dem auch immer war! Letzen Endes siegte samt und sonders stets die couragierte Bewunderung seiner Kinder. Das machte ihm so schnell keiner nach! Er war unbestritten – daran gab es nicht den leisesten Zweifel – er war, in einer einzigen Person und ihrer charakterlichen Vollendung, *una figura propia.* Ein *Boquerones-Sancho* und ein *Sardinen-Don-Quijote* in einem. Stattlich. Tapfer. Unverzagt. Und: zügellos sympathisch. Auch ohne Esel oder Gaul. Kopf um Gräte den Atem riskierend. Zum Welterwürgen schönmelancholisch und gänzlich von nicht-trauriger Gestalt.

Erwartungsvoll und nicht minder begierig wie Vater auf das Kommende selbst hatten wir Kinder uns, wie jedes Jahr während der andalusischen Sommerferien, in Reih und Glied bzw. von Kleiner nach Größer vor ihm aufgebaut, wenn er sich, und das zu jeder heiligen Mittagsstunde, an seinem Lieblingsstrand in Málaga, an der *Playa de la Malagueta*, wieder einmal coram publico seinen Magen sehnsuchtsheimisch befrieden würde. Zunächst mit einem, so mutete es zumindest an, besänftigenden Streicheln, das seinen dann schon Tage zuvor braungebrannten Bauch in sich verdichtenden Kreisen aufs Zärtlichste bezirzte, um kurz danach schnurstracks und gutgelaunt aufs Deftigste loszulegen. Einfach heroisch. *Un hidalgo de panza.*

Wir kannten diese in jeder Hinsicht schollenverzückte und zupackende, väterliche Genussausübung bis in jedes noch so kleinste Detail und konnten nicht genug davon bekommen. Jene ungehemmte Kiefer- und Halsperformance, die nur von stoßgebetsartigen Dem-Himmel-Sei-Dank-Huldigungen und den von Vater so schmerzlich vermissten Endlich-Wieder-Daheim-Akklamationen in Sekundenschnelle unterbrochen wurde. Versöhnliche Klagerufe des Frohlockens, die wir zwar nicht wirklich vernahmen, aber in seinen Augen um so eindringlicher hörten. Spätestens damals wurde mir wundersam klar, dass Augen inneren Ahnen wie Ur-Stimmen gehorchen und Ohren Lautvermächtnisse zu schauen vermögen.

Die opulente Glücksorgie musste eine über Jahre hinweg domestizierte und notgaumenstrotzende Beschwörung kulinarischer Urwüchsigkeit sein. *¡Salve, boquerones!* – die einzigen, die es dabei zu bändigen galt. Fast ein religiöser Akt demutsvoller Hingabe und Kommunion.

Vater zog die heimischen Köstlichkeiten behutsam von den angespitzten Bambusspießchen und sog, als weithin sichtbare Siegestrophäe demonstrativ und vor allem einzeln und ohne Pause, einen Fisch nach dem anderen, mit einem aus der Tiefe seiner Seele heraufgeseufzten *¡ay!* der jeden *cante jondo* im Nu verwaisen ließ, in sich hinein. Ein mundzeremonieller Schnelldurchlauf aus devoter Schwelgerei und Wehmut, den wir so nur bei ihm erlebten, schob er seine göttliche Leib- und Seelenspeise in den Mund und verschlang sie wie in Trance. Die Sardinen schienen nach Hause zu schwimmen und er hinterher. *¡Diós mío!*

Ein inbrünstiges »¡Qué bueno eh comé!« war alles, außer den bereits angedeuteten Stoßgebeten, was Vater dabei von sich geben sollte. Den Rest sah und hörte man. Ein schmatzendes, in sich verleibtes Dauerjauchzen, wenn es der *espeto,* was heißt einer, wenn es alle *espetos* in exorbitanter Aufholgeschwindigkeit wider alle Verluste im gastarbeitenden Norden in seinen Bauch geschafft hatten. Vater vertilgte einen *boquerón* nach dem anderen. Ohne mit der Wimper zu zucken und, das sei noch einmal hervorgehoben, ohne ein einziges Mal in die Versuchung zu kommen, auch nur die geringste Kaubewegung auszuführen. Flutsch und weg!

Wir schauten, staunten und zitterten; nicht nur vor Ehrfurcht. So sehr, dass wir unweigerlich und, körperlich anteilnehmend, wie handgerollt, mitschlucken mussten. *Una tras otra.* Wir Kinder stopften unweigerlich auch eine Sardine nach der anderen mit hinab und hatten dabei nicht eine von ihnen angefasst. Geschweige denn, dass wir die *boqueroncitoh*, wie Vater sie nannte, nach der waghalsigen Vorführung in seiner Mund- und Schlund-Manege jemals hätten versuchen oder überhaupt essen wollen. Beileibe nicht!

Vater war mit leuchtenden und immer größer werdenden Augen in einer anderen Welt. Nein! *Meer* noch: Er wurde zu einer anderen Welt. Je mehr der kleinen, olivendunkel schimmernden Urlaubsfischchen in ihm abtauchten. Als hätte er ein ganzes Jahr nur diesem einen, sein ganzes Dasein berauschenden Memento! *de las queridas sardinas* entgegengefiebert.

Vater und das Meer. Das war sein Paradies. Die Tage seiner eigenen Kindheit wieder zu schmecken und keine Schuppe davon zu schmähen. Für uns das Aufregendste der großfamilienschweren Dauerpräsenz am Strand. Eine südliche Herausforderung, die wir nicht gemeistert hätten, wäre jenes väterliche *Sardinitas*-Schauspiel nicht gewesen. »¡*Otra, otra, otra*!« *Noch eine, noch eine,* papá*! Noch eine!*

Wenn Vater dann nach diesem Spektakel aus Verlangen und Überschwänglichkeit völlig ermattet, aber heimatsatt daniederlag, erst dann, und nur dann, begann er zu erzählen. Aus seinen Kindertagen und vom Hunger. Als wäre das Fabulieren ein zusätzliches Enzym seines Körpers gewesen, um wirklich zu verdauen, was nicht zu verdauen war. Kurz danach wurde es still: Siesta. Wir hatten Muße nachzudenken, uns fort zu träumen. Auch mit Sätzen wie diesen: *¡Lo que nos duele, nos alimenta!* »Was uns schmerzt, ernährt uns!«

Wie weit weg war in jenen Augenblicken unser eigener kulinarischer Geschmacksunterschlupf aus verdingter Heimat und Geborgenheit: Speck, Schwarz- und Leberwurst *odder e guets Päärle Broatwurscht.* Abgehängt in einem fernen Rauchapparat aus haltbar gemachtem Vergessen und in den für ein paar Vatermomente erlebten Erinnerungen scheu aufgehoben. Und doch war alles präsent, was auch nach unseren Erzählungen roch.

Schon früh lernte ich von Pablo Neruda, nicht nur aufmerksam in dessen *Buch der Fragen* aufzulesen, was künftig auch für mich ausschließlich poetisch bewortbar sein würde. Mehr noch. Der große Chilene verführte mich, meine eigenen *preguntitas* zu stellen: Warum kennt der Schwarzwald die Angst des Stierkämpfers nicht und weshalb gibt es in Andalusien keine sprichwörtlichen Kirschen in Nachbars Garten? Was erzählt die Linde von den Palmen, wenn sie am Brunnen vor dem Tore heimlich in den imaginierten Duft aus Jasmin und Oleander *loschore duet*? Weiß das Eichhörnchen an den Triberger Wasserfällen um die in mir dumpf gefallenen Pinienzapfen oder verdorrten Kaktusfeigen im Fremdbekannten verwaister Augen? Weshalb ist im Spanischen das Wasser weiblich? Und was bedeutet die mit ihr einhergehende, maskuline Hilfskonstruktion der scheinbar erleichterten Aussprache? Weshalb heißt es *der* Tod? Ist er wirklich so männlich im Deutschen? Aber: *der* Fluss! dachte ich immer wieder. Schon als Kind. Der Fluss, der Fluss … *El río, y me río.*

Alles sollte fließen. Wie im Spanischen. Dort fließt das Lachen – *me río para no llorar.* »Ich lache, um nicht zu weinen.« Auch das war Vater und einer seiner Geistesgaben: *Wenn du lachst, ist alles im Fluss …* »Si te ríes todo fluye y los problemas se visten más ligero y aprenden nadar.« … *kleiden sich die Probleme leichter und lernen schwimmen …* Wann täuscht dich dein Ohr und wann reicht dir dein Auge eine verführerische Fata Morgana? Ist Herzensbildung, sich sch:reiben zu dürfen?

So wurden mir nicht nur die grammatischen Artikel ein ernstes Spiel um Genus und Geschlechter in ungeahnte Possen um alles, was vermeintlich korrekt war. Und meine tatwörtliche Vorstellung von Sprache und Genuss schirmte reale Absurditäten aus. Misstrauen erwächst auch in dem, was vertraut sch:eint. Indes auch das Vertrauen in das, was gemeinhin das Misstrauen im Elend zeichnet. Er oder sie? Es? Der? Die? Das? Fast ein Kinderreim: Weshalb? Wieso? Warum?

Auf der Straße hörte ich immer wieder den Satz: »Muesch halt schwätze mit de Litt!« Und in meinem andalusischen Domizil mitten im Alemannischen wurde mir mahnend angetragen: »¡Atención, muchacho!« Ich möge doch erst zuhören, bevor ich zu sprechen gedachte. Davor, danach, mitzwischen: ich. Sanft untermütig aus Verlegenheit und Sinnesscham. Vor altklapprigen Mühlen am rauschenden Bach. Ganz ohne jenen treuen Ritter von der traurigen Gestalt. Es ging ja beim Schwarzwälder »Rauschen« ums »tat-sächliche« Wasser und nicht um den illusorischen Südwind.

Mit all den bereits erwähnten Verschrobenheiten hingen meine Wörter nachts taumelnd herum. Eigenbrötlerisch träumend. Und verbrachten (sich) meine Wahrnehmungen an die Lanzen(un)geschicklichkeit des hochedlen altkastilischen Junkers, saßen auf dessen knorrigen Klepper der Vergeblichkeit namens *Rocinante* oder stopften mit Sancho Pansa sämtliche Zwiebelknollen in mich hinein, deren sie habhaft wurden; vor allem dort, wo ich mich sommers tagsüber unter Quittenbäumen lang zu strecken pflegte, wenn wir aus nicht näher erläuterten Gründen im Urlaub nicht gen Málaga aufbrachen, um wie jedes Jahr, zumindest für mich, die Unübersetzbarkeit der W:undvorstellung *Heimat* auf die Narbenprobe zu stellen.

Während all dieser Sinneswandlungen mit und ohne Fragezeichen lehrte mich Lorca, manch Rätselhaftes im Gedicht als solches zu bewahren. Ohne allem auf den Grund gehen zu müssen. Ach, *der Grund*, der ja meistens *Gründe* war – ein Plural! Ein Fächer voller Herkunfts(ge)schichten. Was unterschied schon blühende Orangenbäume am Guadalquivir vom sanften Flug der Ahornpropeller im Kinzigtal? Poesie ist Poesie und nicht zu erklären. Ganz nebenbei erfuhr ich von Johann Peter Hebel schließlich, dass *de Dod* viel weicher fortklingt als das zungenharte Schnitter-T schattenrissiger Sensenmänner.

Ich bekenne, ich liebe Widersprüchlichkeiten, Verwerfungen, Ausgefranstes. Äußere wie innere Kontra-Diktionen. Das *Passt-Aber-Nicht!* des Lebens im wörtergefütterten Chaos. Die verrückten Handreichungen aus nach mir g:reifenden Utopien und Visionen, die unerhört und ungehört die Wirklichkeiten aufbrechen. Das Lebensmaß alltäglich aufs Neue poetisieren. Das ist ein Credo. Auch meins. Eine Notwendigkeit. Eine Art Zuneigung und Liebgewähr.

Liebe gehe bekanntlich durch den Magen. Sagen die einen. Auch die anderen. Damit wären die Reviere abgesteckt. Zumindest die Lust- und Seelenlichtungen in der Grammatik leibbewusster Tage. Ich liebe Dich! Du liebst mich! Du liebst mich nicht! Ich esse! Er hat Hunger! Sie nicht minder! Wir haben Hunger!

Hunger haben? Und schon beginnt das Wörterspiel einer nächsten Gedankenrunde. Eigentlich habe ich ja nur Appetit. *Hunger* leiden andere. Blumensträuße an fetten Köstlichkeiten auf den Tischen sind ein Luxus in dieser Notkunft Welt. Und doch: *La vida es bella.* »Das Leben ist schön«. Auch das betonte Vater immer wieder.

Meine Kindheit war eine vielw:örtliche. Eine lustvolle Verzwitterung. Per se in sich verzweit und nie wirklich allein vor Ort. Eine unentwegte Geburt ins Nächste der unverhofften Worte. Eine Wald- und Wiesenkindheit ohne Meer. Eine Bauernkindheit ohne Hof. Eine Gastarbeiterkindheit ohne … ja, ohne bürgerliche Anerkennung. Die Trinität einer verwehenden Metapher, die heuer Biografie genannt werden dürfte. Sie formte mich, nicht normte mich! Denn. Ich war niemals Leidender, sondern ein Mehr- und- *más*- und Meerkultureller. Schon bevor ich es wusste. Das »und« aus grünem Meer und blauer *mar.* (*Sic!*). Ungebunden verbindend.

Bedeutungen schälen sich erst mit der Zeit heraus. Manchmal sogar Jahre später und aus Worten w:erden W:orte. Auch eine spätere, nicht zu späte Einsicht, weil nicht alles, was unterm m:ahnenden Herrgottswinkel meiner Kindertage *e Vesper* und ein *Vergelt's-Gott* w:erden sollte, seinerzeit *en paz* und *friedlich* begann. *¡Déjame en paz!* bedeutet im Spanischen übrigens auch: *Lass mich in Ruhe.* Ob das schon Frieden ist?

Wie viel Tod birgt ein tägliches Tisch- und Dankgebet? Wie viel Lebenslust auf – und wie viel Lebensfreude über das bekreuzte Brot? Meine Kindheit war immer auch eine katholische.

Ausgespannt zwischen *La Servita* und *Maria unter den Tannen.* Die zu Tode gegrämte, in sich kauernde, vor Trauer eingefallene Dienstmagd des Herrn auf der einen und – in jedem *Bildstöckle* am Wegesrand in die Wälder gitterbehütet – ein fantasiertes *Maria-Breit-den-Mantel-Aus* auf der anderen Seite. Die eine, die Pein und Leiden trug wie eine schön-verklärte Lust am Dauer-Schmerz. Die andere, die Zuflucht und Schutz gewährte und ewig lächelte. Jeweils ein selbständiges und doch gegenseitig untergehaktes Idyll aus Seelennot und Liebreizgüte. Fiktion und Wirklichkeit(en). Dort ein Gesicht aus Perlentränen hinter ihrem andalusisch dunklen Schleier; und hier eine Madonnengestalt als Ewighauch des Zuspruchs, der sanft die Haut, wenn nicht des Menschen selbst errettete, wenigstens wunderkindlich barg. So wie »bergen« ins »Aufgehobene« vermündet. Beide filigran gestaltet; als einzige Möglichkeit ins Überleben, die unbesprochene Sehnsucht anrufend. *Una nostalgía* und eine Nostalgie, die auf fremdbekannten Pfaden Wälder- und Meereswellen leibten. Im Doppelpack. Hinterm grünen Meer das blaue. Meer und Meerin …

Wo enden Horizonte? Wo beginnen sie?

Die Fragen wuchsen auch aus diesem Wi(e)derschein. Denn es gibt, aller Vermischungen zum Trotz, das Unauflösliche der Bilder. Das Geheimnisvolle. Nicht nur in den Gedichten Lorcas oder Celans. Und es gibt Maischenächte, die ganze andalusische Dörfer in Schwarzwälder Holzkarren blubbern und vergären; und Sommerabende gibt es, deren zirpende Grillen keiner Visumspflicht unterliegen. Geschweige denn, dass sie um irgendeine Erlaubnis bitten (müssen). Was für die einen ein heilloses Erlösungsdurcheinander, ist für den nächsten eine Wörter-Fähre ins »Zerrettende«.

Die Bilder, die sich in meinem Schreiben kontinuierlich einstellen, sind folglich w:undgetrennte Wesen, die sich irgendwann verstricken, um sich genauso unversehens wieder fort zu fädeln. Das *Los*, sich *aufzulösen* in tröstenden Sprachgeschöpfen! Wie nah die Wörter dann doch auch wieder beieinander liegen. Nah wie Liebende. Oder in ihren Gem:einsamkeiten … Eins im andern. Ich komme vom Wort im Wort nicht wirklich fort. Besonders im Deutschen: Liebe, lebe! Ver(b)leib!

Schon in frühen Kindertagen lernte ich, die Vermessung der Welt wider jegliche Geometrie und ihre abgenutzten Formeln im Beg:reifen auszulieben; Begriffe, die sich überdehnten, sehnten und ins Neue m:einer Sprache spannten. Das Wort »Bolzen« wäre so ein Wort. Nicht dass wir Kinder nicht genug »Bolzen gedreht hätten« – das lag an der Direktheit des Alemannischen: »Do hesch aber e Bolze dräht!« Um kurz danach aus den Zurechtweisungen der Anderssprachigen, die mich auch vereinnahmten, zu hören: *¡Eres un chorizo!* »Bisch e Schlawiner«.

Wie ich mich mit dem Vorwurf, eine Paprikawurst zu sein, in Verbindung bringen sollte, war mir unerklärlich, auch wenn das Lexikon per definitionem zu lehren weiß, dass das Wort aus dem Lateinischen kommt und »salsicium« *gesalzen* bedeutet. Und wenn jemand »gesalzen« ist, dann hat er's dicke in sich. *¡Salao!* Es schmeckte jedenfalls trotz aller ungeklärten Wörter vorzüglich: Spiegeleier mit gebratenen Paprikawürsten – immer zwei. *Dos huvevos fritos con chorizo.* Selbstverständlich in Olivenöl gebraten. In Málaga alltäglich auf dem Tisch und hier im Schwarzwald für Mutter ein Widerstand in der Fremde. Denn der Kulturschock, eine Brise Zucker in den Salat zu geben, saß vom ersten Augenblick an, in dem sie auf die exotische Küche des Schwarzwaldes traf. Kann man beim Kochen einen Bolzen drehen? Sprachlich ja. So wie ich es mir oft genehmige. Der *chorizo* als kleiner Tagedieb hat übrigens nichts zu tun mit dem Paprikagewürz spanischer Würstchen – er kommt aus dem *calé*, der Sprache, die es jenseits der Pyrenäen auch noch gibt.

Apropos Bolzen. Es war für uns Kinder verboten, dabei zu sein, wo der Bolzenschuss Anfang und Ende bedeutete. Des Todes und des Lebens. Das Männliche, das auf eine Sache trifft. Der Tod. Das Leben. Eine krude Betäubung, bei der wir keine Zeugen sein durften. Zu gefährlich! Wir mussten im Esszimmer verharren, bis der Schuss sein Ziel erreicht hatte. So sehr wir auch das Ohr an die Tür gepresst hatten, die lauernde Tat war nicht zu hören. Auf diese Art und Weise entstand ein erster nordischer Ort des Todes, wenn der Metzger grinste. Den Schlachtschussapparat in seiner Rechten. Danach war auch unsere Handarbeit gefordert. Wir durften wieder Zeugen sein. In *de Wäschkuche* das Blut rühren, die Borsten unter heißem Wasser abrubbeln, die Sau blankschaben und im Wohnzimmer das Fett in Würfel schneiden.

Ich versuchte seinerzeit beim Metzgen, die Bilder und die Wörter ins Spanische zu übersetzen – »fir d Metzelsupp! Do nimm!« Was mir deutlich misslang. An der andalusischen *Costa del Sol* reichte man lieber die aufgespießten *boquerones.* Vom anderen Leben aufgetischt. *Espetos de sardinas* oder *boquerones fritos.*

Weder Fisch noch Fleisch also. Nein, falsch! Das war es nicht! Eher: Fisch und Fleisch. Zwei spannend getrennte Welten in einer, um die Trennung alsbald in ihnen aufzuheben. *Boquerones* versus *Metzelsupp.* Ihre mittlerweile seligen Worte *d Wäschkuche*, wie die Kinzigtäler sagen, *e alde Zuber, e Holzleiter, e Spaltklotz un e große Kessel* und ein improvisiertes *chiringuito*, ein *Familien-Chiringuito* im Kopfstrand, wo Málaga, das andere Ortsgedächtnis, das Feuer schürte.

Es hatte etwas von Erwachsenwerden, beide Wirklichkeiten nach und nach anzunehmen; und ich glaube, nicht nur die Unwägbarkeiten der Liebe, auch die Identitäts*versucherle* gehen durch den Magen.

Dass Mutter an den winterlichen Schlachttagen im Schwarzwald *s Hirnle von dere Sau* schon am Morgen für sich und ihren *ondalusische Eierdotsche* am Abend reserviert hatte, das wäre wahrlich eine weitere, ungereimte Geschichte, die uns Kinder nicht weniger staunen und schaudern machte als die Sardinen-Beschwörung unseres Vaters. Aber die erzähle ich vielleicht ein anderes Mal …

Ein frivol-schönes »T:echt:elmechtel« oder Vom zärtlichen Umarmen der W:orte

S isch schu ebbis mit dere Sproch. Teilbot duet se so richtig khäp on di noschlupfe, teilbot mocht se de Molle un duet bruddle, pfuuse un bäffzge! Insofern muss ich zunächst etwas ausholen. Sprache ist immer auch eine Leihgabe. Sie gehört uns nicht und doch können wir uns ihr zugehörig fühlen. Selbst im Widerspruch. Sprache ist eine uns anvertraute, sich stets temporär wie folgenreich verortende Gegebenheit ins Sprechen. Vielleicht schon vor dem ersten Anwesenheitsschrei in dieser Welt. Sie bietet uns eine fortlaufende Entwicklung mannigfacher Fähigkeiten, unseren Gedanken und Gefühlen einen nicht nur augenblicklichen Ausdruck zu verleihen. Sprache offenbart scheinbar gängige, oft aber, Gottseidank, unbewährte Sinnzusammenhänge unserer Lebensverhältnisse. »Ach, du meine Sprache!« möchte ich deshalb hin und wieder ausrufen. Besonders dann, wenn diese ihre Purzelbäume schlägt und mich aufs Schönste (oder auch Furchtbarste) zu verblüffen vermag. Freilich, mehr noch als diese erhellende Erkenntnis beschäftigt mich zuweilen die Frage, wer ich (geworden) wäre, ohne jenes alemannische Gran Geborgenheit, das mir quasi schon in der Wiege zuteilwurde. Es würzte meine Zunge. Nicht minder sensibilisierte es meinen Geschmack.

Indes. Es ist und bleibt ein wilder Tanz ungeahnter Figurationen und syntaktischer Pirouetten. Sprache ist keine gleichförmige Gerade ins Unendliche. Sie ist manchmal, den gewohnten Fluss der Sätze unterbrechend, mit großen Hindernissen versehen. Oder mit unerwarteten Wegkreuzungen gespickt, die sehr unterschiedliche, oft gar gegensätzliche Richtungen markieren. Es bedarf dann unserer Freiheit, eine Entscheidung zu treffen, wohin wir gehen bzw. sprechen wollen. Mitunter ist die Sprache allerdings ebenso ihr Schweigen. Nichtsdestotrotz! Vom ersten bis zum letzten Wort bedeutet sie vor allem ganz bestimmt immer eins: Sie ist ein großartiges Geschenk. Eine Begleiterin, die uns ihre sichtbaren, bewusst ausgestreckten wie unbewusst agierenden Hände reicht, an denen wir uns festhalten dürfen. Bis wir gelernt haben, loszulassen und eigenständig durchs Leben zu gehen; unsere »Verant:wort:ung« mehr oder weniger begreifend.

In aller Regel schafft Sprache jedoch (und damit unser Sprechen) die Aufmerksamkeit, die vonnöten ist, um uns zu verwirklichen. Eine Voraussetzung dafür, sorgfältig, achtungs- und würdevoll, mit ihr und damit mit uns und anderen Menschen umzugehen. Von der eigenen Erfahrung ausgehend und in die Realitäten anderer mündend, mit denen wir im Dialog stehen und Gesellschaft »w:erden«.

Aus dieser Einsicht nährten sich einst ein paar Grußzeilen in ein Neues Jahr. Ein Gedicht, das ohne den ersten Schneefall in meiner Kindheit und die abenteuerlichen Schlittenfahrten, die ihm über Monate folgten, niemals hätte verfasst werden können. Ach, dieses nachmittägliche Spiel seinerzeit im Wunderding Schnee! Die Bilder aus meinen Kindertagen sind mir nach wie vor sehr präsent. Momentaufnahmen einer zumeist unbeschwerten Adoleszenz im Schwarzwald. Ein Heranwachsen in den Sechzigerjahren mit und zwischen den Sprachen, die mir anvertraut wurden.

Ich wurde in mehreren Sprachen geliebt. Da war zunächst die andalusische Seinsform meiner Eltern und der alemannische Alltag meiner natürlichen Umgebung. Zur Schulzeit kam später der weidlich distanzierte Blick beider Hochsprachen hinzu. Das Deutsche und das Spanische in der jeweiligen schriftsprachlichen Ausdeutung. Im Grunde waren es folglich vier Sprachen. Was für ein Privileg! Die Verse, von denen ich hier spreche und die der Schnee dereinst mitschreiben würde, lauten wie folgt:

wunsch

1 handvoll zuversicht
1 handvoll mut
& lachen
wenn wir uns damit
das gesicht einreiben

Es gibt noch ein anderes Gedicht. Viel, viel früher datiert – ich war 13 oder 14 Jahre jung, als ich es zu Papier brachte – das auch in meiner Erinnerung geblieben ist. Eine Zeit, in der ich ein »Heimatdichter« werden wollte:

Wo d Buure ihre Matte maie,
wo s Spitzbuebe het un alde Kraie,
wo d Täler mit de Kinzig schmuse
Dirt ligt e Städtle, unser Huse.

Auch das war Poesie. Poesie der aufbegehrenden Zuversicht, die mich, wie es der Romancier Ilija Trojanow irgendwann formulieren sollte, zu einem »nomadischen Heimatdichter« werden ließ.

So will ich nach diesen verorteten Vorgeplänkeln flugs fortfahren und sage: »Obacht!« Denn. Dieses kurzgefasste »M:einschreiben« ins Erzählen ist, wie bereits angedeutet, ein Liebesbrief. Bildhaft in seinem Begehren. Ohne dass ich die Haftung dafür übernähme; wohl indes die Urheberschaft eines Absenders, den ich nur zum Teil preisgeben werde. Sich selbst als Fiktion erkennend und dementsprechend das persönliche Erleben als Teil der Dichtung in die Welt »sch:reibend«. Dies zur Beruhigung aller Sprachbeschäftigten, um zu klären, dass ich als Lyriker mitunter das Experiment mit dem Material Sprache mit schöpferischer Passion und freudiger Geduld zum klangfrohen Kaleidoskop aus Wort und Wort kämme.

Dieser Text sucht erneut sowohl das Lexikalische als auch das Kulinarische auf. Jene Gerichte, die mir besonders schmecken, werden genauso gegenwärtig sein wie das, was Sprache anrichtet, um im Gaumenbild zu bleiben. Und ganz knapp am sogenannten »Kitsch« vorbei – wobei dieser Begriff noch zu klären wäre – erlaube ich mir schließlich noch, mich der Verniedlichung hinzugeben. Als klitzekleine Prise »dialektales« Salz in der Sprach- und Sprechsuppe. Zwischen »Kerl« und »Kerle« liegen Welten. Gegen Ende hin wird es sprech-melodiös.

Jetztetle, kumm verzell! könnte mich jemand schön-kuschelig auffordern, um Näheres über meine Beziehung zur alemannischen Sprache zu erfahren. So *rächt loschore halt*, weil *de Wunderfitz* doch zu gewichtig ist, als dass er zu verbergen wäre. Und ich würde *stante pede* antworten: *S isch koi Lusbuewestraich. Noi*! *S isch e Onenondernoschlupfe. Schu immer gsi. So e scheens knuddligs Schmuse*! Ein Daheimsein ohne Heimsuchung. Eine umarmende Geste aus Stubenbehaglichkeit, Kachelofenwärme und bloßer Nähe: *blutt*! Nur auf diese Art und Weise erkläre ich mir mein ernstes Wortspiel, das mich vor Jahren »Heimatt« schrieben ließ, um »m:eine« Heimat nicht den Ewig- und Neugestrigen zu überlassen und meine Vorstellung von »Heimat« zu retten. Als Einladung ins Vielkulturelle und nicht ins Abgeschottete matter Engstirnigkeit.

Ich bekenne, ich habe mit dem Alemannischen eine frivole Affäre. Eine großzügig reizvolle Beziehung, die auf Geben und Nehmen beruht. Ich schenke dieser Sprache mein

Herzensohr, sie reicht mir ihre »W:orte« ins Nomadische aus Altbekanntem und Unverhofftem. Will heißen: Sie kredenzt mir einen Hauch von seelischer Geborgenheit, die zu einem langen Atem wurde. Der lange Atem eines Wohlbefindens in der Auseinandersetzung mit dieser Welt: der Andere zu sein, ohne mich selbst aufzugeben.

Seit ich denken kann, ist unser Techtelmechtel ohne Fisimatenten, wenngleich ich dieser so mundend einladenden Sprache doch jeden Tag einen Besuch abstatte und sie mich unter ihr Zeltdach nimmt. Kein Haus, vielmehr ein Zelt, das ich überall und wann immer ich will aufschlagen kann. Ja, es ist keine Liebschaft »Kalter Herzen«, sondern leidenschaftliche Einkehr, die sich etwas Wertvolles zu bewahren wusste: die willkommene Neugier anderer und meinen eigenen *Wunderfitz* auf andere.

Eigentlich poussierte ich mit ihr schon, bevor ich wusste, dass ich denken kann. Im Grunde seit die Haut »m:eines« andalusisch-alemannischen Bauchgefühls diese große eigenwillige und wortwaldige Sprache spürte, weil sie die zärtlich-zugeneigten »W:orte« mit allen Sinnen wahrnahm. Zumindest im Mittleren Kinzigtal, wo ich meine Liebschaft lebe. Mit Genuss.

Komm, no e kloi, kloi bitzele, e Muggeseggle … wenn frische Brezeln ihren Morgenduft ins Ohr flüstern *un de Kartoffelsalat om Mittag odder Obe schlotzig isch* wie die Zärtlichkeit vertraut-gelöster Fingerkuppen, die mich nach Hause streicheln. *S schmeckt.* Damit bin ich schon bei einer meiner Leibspeisen. *Grumbieresalat un Fleischkiechle.* Ein Gericht, das ich vermissen würde, lebte ich getrennt vom Gaumen meiner Kindertage. Ein Glück, dass dem nicht so ist. Wie schön auch diese schmackhaften Namen klingen: *Brägele, Hoseträgerspeck* oder *Schupfnudle.* Zwei durchaus auch vegetarisch oder gar vegan zuzubereitende Köstlichkeiten zwischen dem, was mitunter von einem Schwarzwaldhof auf viele Teller in die Täler reicht.

Was will ich sagen … wie will ich es sagen? Vielleicht so: Ein Gefühl von Heimat ist nicht nur metaphorisch mit der Zunge und dem Gaumen verbunden: *Stribele* oder Schwarzwälder Kirschtorte. *Grumbierebrei* oder *e Stickle Buurebrot, Holzofebrot.* Es ist eine besondere Wärme, die durch den Körper fährt, wo … *teilbot e s Glischde selber sait, ich hon so gruusig Luschd* auf Zuckerbrot ganz ohne Peitsche. *E wengle zmindescht. Un teilbot e Schnapsgläsle* voll Rast und Muße, um die Welt ins Überschaubare zu übersetzen: *Kumm, hock no un schnuuf erschd mol durch*!

Und schon wären wir beim »le«. Diesem klitzekleinen Unterschied. Ein Innehalten gegen alles, was ausfranst. Wie soll man das ins Hoch- oder Schriftdeutsche übersetzen: *e wengle*? Ein »bisschen« ginge gerade noch so durch. Doch das hieße auf Alemannisch ja *e bitzele* oder, eingeschleifter, *e bissle.* (Nicht weit weg von einem »Bissen« klar – auch eine verführerische Assoziation, wo wir doch gerade eben noch beim Kulinarischen waren.)

E wengle entspräche schier jenem alemannischen Diminutiv, der aus dem Haus kein Häuschen macht, sondern *ussem Huus e Hiisle*. Dazwischen liegen Welten. Ein Dialekt, der im Grunde eine Sprache ist, die singt (wenn man einmal davon absehen möchte, dass nach Max Weinreich eine Sprache ein Dialekt ist, der eine Armee und eine Flotte besitzt). Die Stimme rutscht am Ende eines Satzes nicht hinab in den Keller und verschließt den Gedanken im dunklen Gewölbe. Ganz im Gegenteil: Sie öffnet den Satz ins Weite.

Die doppelte Bescherung

Als Kinder gings uns gut. Als Kinder gings uns wirklich gut. An Weihnachten vor allem. Nun ja, am Anfang nicht gleich und unbedingt, aber später dann um so mehr und: bedingt. Noch später dann wiederum nicht mehr und noch bedingter. Das ist so eine Sache mit Weihnachten und Spanien, das heißt genauer gesagt Andalusien. »Heiligabend« heißt einfach nur »Gute Nacht!«. Damit will ich nicht andeuten, dass wir ins Bett geschickt worden wären. Ganz im Gegenteil. Heiligabend, sprich die Gute Nacht, war ein veritabler Geburtstagssinnestaumel, und wir Kinder durften kräftig mitzelebrieren. Und wie es sich für so eine anständige Geburtstagsfeier geziemt, und erst recht für so ein gewichtiges Wiegenfest, wurde schon in den Morgenstunden des 24. Dezember die Küche ausgeräumt, beziehungsweise die Möbelstücke, die sich nicht verschieben ließen, mit Plastikfolie abgedeckt und die Männer in der Familie rückten mit Pinsel, Walze und freundlicher (beiger, hellgrüner oder himmelblauer) Dispersionsfarbe an – selten Alt-Rosé oder Rosarot –, um die Küche von Grund auf zu streichen. »Ein Zeichen der Reinheit«, erklärten die Eltern. Das Zentrum der Familie – der Herd, das heißt die Küche, musste wieder auf Vordermann, eigentlich Vorderfrau, gebracht werden – einmal im Jahr und rechtzeitig für die große Geburtsparty, zu der sich auch abends die Freunde der Familie vor dem Haus feuchtfröhlich – mehr feucht als »O-du-Fröhliche« – traditionsgemäß versammeln würden; nicht alle gemeinsam eintreffend, weit gefehlt, sondern, wie es sich für eine spanisch-pünktlich beginnende *fiesta* ebenso *fiesta*-gehört, uhrzeitversetzt, will sagen: einer nach dem anderen. Und jeder neue Schwung an Gästen mit einer fremdexotischen Gesangseinlage brillierend – zumindest für die späten Sechzigerjahre – ausgestattet mit kräftig-voluminösen Stimmen, halberfrorenen Gitarren, noch lautstärkeren kleinen Pauken und südländisch leichten Tamburinen, die vereint um Herberge sangesbitten, und so lange einen andalusischen Weihnachtsflamenco unterm Küchenfenster darbieten – man durfte in der Guten Nacht nicht klingeln, jede noch so geringe Glocke war lediglich dem göttlichen Ereignis vorbehalten – so lange also stimmgewaltig Bethlehem-Lieder schmettern würden, bis der Hausherr vor lauter *Belén* und *Villancicos*, in diesem Falle Vater, nach einem jauchzend antwortenden Sprechgesang, bei dem er sich mit wohlwollendem Klang weit aus dem Fenster lehnte und dem es auch nicht an einladenden Strophen und einem die Ohren schmeichelnden Refrain fehlte, den feierlustigen Freunden samt Familien Einlass in unser frisch gestrichenes Domizil gewährte.

So ging es über Stunden. Es erinnerte mich ein wenig, das gebe ich heute frank und frei zu, an die ein paar Wochen später durch die Straßen ziehende, ebenso innig eintaktende Lärm- und Krachbumheiderassasawonnenserenade der hiesigen Katzenmusikanten. Ein Wahnsinnskonzert all der eintrudelnden Freunde am Vorabend des Weihnachtstages und von Schluck zu Schluck cherubinisch seraphinischer, was sich da alljährlich vor unserem Haus abspielte, während drum herum – das will ich kleindemutsvoll auch erwähnen – die Nichtspanier aller *guten Stuben* in einer tragenden, eher weihevollen Stille-und Heilige-Nacht-Besinnung versunken waren: still und leise wie im Lied vom Rieseln und vom Schnee, das wir bald auch lernten.

Sobald sich die Spanier hingegen nach dem Liedgeschmetter und seinen Ritualen in unserer Küche, im Wohnzimmer, im Gang, in jedem noch so eigentlich unzugänglichen oder unwirtlichen Winkel unserer dufterfüllten Wohnung versammelt hatten, wurde ausgiebig gefeiert. Mit Cognac-Lust und Brandy-Laune, mit reichlich fließendem Sherry, Wein und Bier und mit den aufs Köstlichste eingezuckerten *borrachuelos*, die im Gegensatz zu den Malermeistern, sprich den Männern der Familie, unmittelbar nachdem die Küche in weihnachtlichem Geburtstagsglanz für ein weiteres Jahr in lieblich anmutenden Farben erweckt worden war, nachmittags von den Ehefrauen der Weihnachtsanstreicher ebenso hingebungsvoll gebacken wurden.

Wir Kinder waren natürlich die staunenden Kronzeugen der Weihnachtsbeschäftigungen unserer Erwachsenen, die nicht ohne ein gutes Schlückchen gemeistert werden konnten. Dementsprechend hieß das Gebäck auch *borrachuelos.*

Als intensiv Beobachtender konnte ich mir das fremdelnde Wort kaum erklären. Auf gut Deutsch heißt es so ähnlich wie *Schwipserchen* oder *Bsofferle* oder *Rischle-Gutsele*, auf noch besserem Alemannisch bedeutet es in etwa: *Rüschle-Breedle*. Seltsame Bezeichnung: *borrachuelo*. Obwohl dem Grundrezept eigentlich nicht der geringste Tropfen Alkohol zu Füßen liegt. Aber vielleicht lag das Geheimnis dieser Weihnachtsüßigkeit ja in den willkommenen Begleiterscheinungen des Aufwands begründet, sprich: hinlangend Kneten und noch hinlangender: Trinken. Wie dem auch sei. Der Tannenbaum war nicht minder fürstlich geschmückt, die Weihnachtskarten – allesamt mit Silber- und Goldpuder bestreute *Krippele* oder *belencitos* – unter den Schwarzwälder Tannenzweigen und den bunten Kugeln, echten Kerzen und glitzerndem Lametta aufgestellt; nur, tja, das war es, das Los unserer ersten Jahre in Deutschland: die verdammten Geschenke! Denn: Geschenke gab es keine. So sehr wir uns die Gaben auch gewünscht, was heißt gewünscht, ersehnt hatten. Die sollten erst am 6. Januar, also zu Dreikönig in unsere Kinderhände fallen.

Dem musste im Laufe der Jahre natürlich Abhilfe geleistet werden. Von »unfair« bis »ungerecht« lautete das kindliche Urteil, das wir unseren Eltern an den Kopf warfen, wenn wir am Tag nach Heiligabend von unseren Spielgefährten erfuhren, was sie alles geschenkt bekommen hatten. Nur wir, wir waren wieder einmal andalusisch leer ausgegangen. Das musste wohl etwas Spanisches sein, so heiligabendleer auszugehen, und der Spruch, ich meine natürlich die Frage, die uns unsere Eltern ebenso alljährlich zum 6. Januar wie einen Orakelspruch gelehrt hatten: »Was haben Dir die Könige gebracht« funktionierte nachweislich nur in unserer Familie und bei ein paar anderen spanischen Eingeschworenen, nicht bei den Freunden auf der Straße. Erst am 6. Januar erfuhren wir Genugtuung, indem wir die Freunde, Kumpels und Klassenkameraden fragen konnten: »Na, was haben Dir die Könige gebracht?!« »Nichts!« sagten sie – »wir haben ihnen etwas gegeben, gespendet für die Mission.« »Oh«, entgegneten wir: »Uns haben sie Geschenke gebracht. Ätschibätsch!«

Das nenne ich einen veritablen Kindskulturschock. So festtagsalemannischfiestaandalusischdurcheinander oder spanischdeutschverquererisch.

Wann bekommt man nun eigentlich die Geschenke? An Heiligabend, sprich in der Guten Nacht, oder an Dreikönig? Das war wohl die von uns Geschwistern am häufigsten diskutierte Frage jener frühen Jahre.

Irgendwann, Jahre später, gaben unsere Eltern ob des dauernden Genörgels nach, wobei sie einen salomonischen Ausweg fanden und uns jeweils die Hälfte der Geschenke an Heiligabend unter den Christbaum legten und die andere Hälfte am Dreikönigsmorgen vor die Kinderzimmertür stellten. Was waren wir glücklich! Zweimal beschenkte Christenkinder! Was für ein schönguter Bescherungsreichtum! Da hatte es dann plötzlich doch noch einen beträchtlichen Sinn, ein kleiner Andalusier zu sein – und Alemanne.

Leider währten diese ertragreiche Doppelkulturen nicht allzu lange. Nach und nach wurden die Heiligen Drei Könige aus Andalusien durchs *Chrischtkindle* des Schwarzwaldes ersetzt, sodass der Zeitpunkt, an dem wir wieder nur ein einziges Mal beschenkt wurden, und zwar an Heiligabend und nicht an Dreikönig, wohl als das Datum unserer endgültigen Integration betrachtet werden kann. Obschon sich heute bisweilen immer noch jene Frage aus unseren Kindertagen heimlich einschleicht: »Was haben dir die Könige gebracht?« – auch wenn die Geschenke bereits am 24. Dezember ausgetauscht werden und am 6. Januar längst Alltag geworden sind.

Eine kurze Geschichte des Glücks

In Madrid steht die *Puerta del Sol.* Das *Tor zur Sonne* oder konstruktionsverspielter in die Wortkompositionsbereitschaft des Deutschen eingeholt das *Sonnentor.* »In Madrid steht die *Puerta del Sol.*« Ob das schon eine Geschichte ist? Langenau lässt grüßen. Bestimmt jedoch der Anfang einer unerhörten Begebenheit, die erzählt sein will.

Man muss sich nicht erst in den sagenhaften Wald verirren, um s:einem Glücke zu begegnen. Indes, das wären andere, auch Wunder wirkende Geschichten, in denen die geheimnisvolle Kunde raunt, man fände gerade dort, im unverhofften Tannenbühl, den märchenhaften Freudenbecher, der Lust verheißend leergetrunken werden darf. Nein muss.

Ein Menetekel aus der Dunkelheit ins Hellere. Frei nach dem Rebenmotto: Trauben sind Sterntaler, die munden. Schon vor dem Wein. Tja, wer die Poesie aufsucht, der sollte am dichten Ort gewappnet sein. Doch ich will nicht allzu plump-verblümt ins Unerklärliche abschweifen. Das Glück ist also, in meinem Fall, ein *Sonnentor.* Welch schön-gefühlige Metapher eines Weges, der zum Gehen einlädt.

Ganz ohne Märchen. Wer würde nicht hindurchspazieren wollen? In die Sonne. Ins Licht. Wenngleich Mirakel nicht unbedingt die flottesten Füße haben, will sagen eiligen Schrittes daherkommen. Aber ganz bestimmt entschiedene Hände, die sich filigran und punktgenau orientieren und Meisterschaften entwickeln können. In dem, was sie zu fertigen oder anzurichten im Stande sind.

»Puerta del Sol«. *La felicidad se encuentra en la Puerta del Sol.* »Das Glück begegnet einem am Sonnentor«. In den letzten beiden Dekaden des 19. Jahrhunderts, in Madrid, tauchte sie wieder auf, jene Tradition, von der man heute vermutet, dass sie einst aus dem höfischen Frankreich eingeschmuggelt worden war und von dort aus zunächst auf die Kanarischen Inseln nach Tenerife überschwappte, danach fast die gesamte iberische Halbinsel (außer Portugal) erfasste und seit geraumer Zeit, zeitgeschichtlicher datiert, mit den spanischen Gastarbeitern, in den Sechzigerjahren des 20. Jahrhunderts, wieder gen Norden ausgewandert ist. Auch in den Schwarzwald. Und seither umgeben von Tannen und Fichten auch dort um eine eigene Traubenheimat weiß. Zumal mit den Trauben ja alles begonnen hatte, beziehungsweise das schmackhaft gefährliche Glücksorakel seinen erobernden Jahreslauf nehmen musste. Mit frischen Trauben, wohlgemerkt. Es sollte ja nicht von vornherein ausgetrocknet und als Rosinenhäufchen zum symbolträchtigen Akt der Zukunftsmanipulation verkümmert sein: das kleine, große Glück.

War es eine Persiflage? Eine Satire auf die Sitten der Blaublütler oder einfach nur ein schlauer Zug, heute würde man sagen eine »Marketing-Strategie«, der *viñeros*, der Winzer, um die überschüssige Traubenernte an den Mann und an die Frau zu bringen? Im Grunde ist es ja auch nicht weiter von Bedeutung, wer, wann, wie und wo und weshalb den Schmaus des Glückes initiiert oder, um im Bilde zu bleiben, so mundverführerisch eingeführt hat.

Wir schreiben den letzten Abend des Jahres 1968, und wir sitzen also alle vor dem Fernsehapparat und halten das Glück in unseren Händen. In Deutschland. Es ist kein wahllos aus der Vergangenheit aufgegriffenes Jahr. Beileibe nicht. Es ist ein Jahr, dessen ich – was heißt ich: meine ganze Familie – *fernsehgedenke*, das heißt das Schicksalsjahr, in dem wir einen Schaub-Lorenz-Apparat *schwarzweißbesitzlich* unser eigen wussten. Eine sensationelle Errungenschaft. Vor dem Flimmerkasten: Vater, Mutter, der Bruder. Der Bruder meines Bruders, der natürlich auch mein Bruder, und die Schwester meiner Brüder, die natürlich auch meine Schwester ist. Letztere knapp neun Monate auf der Trauben-Welt und noch kein eigenes Glück in Händen haltend. Aber alle anderen. Sieben, fünf und drei Jahre alt. Ich meine selbstverständlich jung. Die Eltern hingegen in etwas älteren jungen Jahren. Exakter verortet in ihren Dreißigern. Welch numerische *Pingelei* blutsverwandtschaftlicher Verstrickungen, aber das Glück, wer wüsste besser als das Glück um die Kraft der Ziffernmagie und das behagliche Heim im Aufgehobensein? Zumindest in der Migration. In unserem Falle natürlich im herausgeputzten Wohnzimmer – Sofa, zwei Sessel, ausziehbarer Wohnzimmertisch, Büfett mit empfindlich dünnen Schiebetüren (für die guten Gläser und das noch bessere Geschirr für die noch *guteren* Gläser) und: ein blankpoliertes Nierentischchen. Unser Wohnzimmer also, mitsamt aus dem Katalog bestelltem Teppich, in dem wir auf der Zielgerade gen Mitternacht alle vor dem wirtschaftswundersamen Medium sitzen, will sagen vor der bildschirmfüllenden, runden Uhr, die gleich mit uns im Silvesterchor die volle Stunde in schlagenden Tönen erklingen lassen wird. Zwölfmal. Kein Durcheinander, wie sonst in unserem Haushalt menschen- und kinderüblich, sondern endjahresbewusst. In jeder Hinsicht wohlsortiert. Schlag auf Schlag. So geordnet wie das Glück in unseren Händen. Eine Familie vor dem Fernseher, deren Mitglieder jeweils ihr Eigenglück in den kleinen und größeren Händen halten.

Warum wir vor dem Fernseher sitzen und nicht auf dem Marktplatz stehen vor dem Turm mit der großen Uhr? In Madrid, beispielsweise. An der *Puerta del Sol*, am Sonnentor. Bon, die Frage sei erlaubt. Und wenn schon nicht der Tradition verpflichtet in der spanischen Hauptstadt, dann doch wenigstens in Hausach am Kirchplatz. Schließlich haben wir in unserem schmucken Schwarzwaldstädtchen immerhin zwei durchaus ansehnliche und aus den umliegenden Häusern mit bloßen Augen lesbare Uhren. Und die mit ihnen verbundenen, hörbaren Glockenschläge, die man selbst als Spanier in Erwägung hätte ziehen können, um die Trauben ihrem Schicksal zuzuführen. Hätte! Hätte können. Doch leider gab es in diesen Breitengraden und in den Sechzigerjahren nicht den obligat dazugehörigen Vorplatz oder Marktflecken – seinerzeit. Immerhin jedoch einen *Latschari-Platz*. Nicht groß, aber ein Platz zum Tratschen. Wo *Latsche tratsche*. Das wäre ja schon etwas gewesen. Im Vergleich jedoch zu den Promenier- oder Flanierquadraten in den Innenstädten Spaniens, elternverorteter im andalusischen Málaga, fehlte die *Plaza*-Kultur im Mittleren Kinzigtal. Ich spreche von Tagen, an denen Hausach keinen Markt- oder Klosterplatz kannte und keinen alles überragenden weltlichen Turm – einen Rathausturm samt Uhr, beispielsweise – mit der entsprechenden Freifläche davor, auf der man sich hätte tummeln können und wo mit dem Glück ein Stelldichein möglich gewesen wäre, wenn punktgenau um Mitternacht die Zeit zwölfmal das Ohr geöffnet hätte. So sitzen wir also nur im trauten Heim vor der vertrauten Fernsehuhr und harren in erregter Erwartung gespannt des unaufhaltsamen Zeigergangs und der Losung »Noch ein Jahr! Wie schön!« Wie gesagt, jeder für sich und alle gemeinsam und: das Glück in Händen haltend. Wohl vorbereitet.

Das Glück ist ein aus Zeitungspapier gefaltetes Hütchen, eine Art Malerkopfbedeckung *en miniature,* gefüllt mit einer mehr oder weniger originalen Reminiszenz aus der Heimat der sich in Deutschland noch einlebenden Eltern. Prall gefüllt!

Wir sitzen also da, unser Glück in den Händen haltend. Das Glück, das aus zwölf kleinen, mehr oder weniger süßen Trauben besteht, eingepackt in die ausgelesenen Blätter einer spanischen Fußballzeitung; die Mutter noch letzte Mundzufuhranweisungen gebend: dahingehend, dass bei jedem Glockengong, und zwar schlaggenau, eine Traube zwischen die halbgeöffneten Lippen zu führen und mir nichts dir nichts zu schlucken sei! Eine Herausforderung nicht nur für unsere kleinen, sprich sieben-, fünf- und dreijährigen Hände, deren Finger ungemein flinker sein mussten als sonst, sondern auch für die nicht minder kleinen Münder, die ebenso behände zu funktionieren hatten und vor allem dies: Unzerkaut (!) sollten die Trauben von der Zunge über den Gaumen hinab in den Magen. Denn auch das Glück will später verdaut sein, bevor es noch später wieder ausgeschieden wird. Bon.

Tütchen- und traubengewappnet sitzen wir wie die Hauskaninchen vor der (paradiesischen) Schlange auf dem Pfauenthron im Garten Eden unserer Glückschmiede wohlfeiler Kinderherzen, mit unseren halbschläfrigen Silvester- und Länger-aufbleiben-dürfen-Augen, die Fernsehuhr fixierend, und warten auf den ersten der zwölf Schläge, die erste der zwölf Trauben bereits in der rechten Hand in Hab-Acht-Stellung Richtung Mund fixiert und: Schlag-Schluck – die erste für den Januar; Schlag-Schluck, die zweite für den Februar; Schlag-Schluck, die dritte für den März; Schlag-Schluck, die vierte für den April und: spätestens ab Mai wird es *mundfriss-schluckkritisch*, vom Juni ganz zu schweigen, dessen Traube findet gerade noch rechtzeitig und völlig unzerdrückt den mittlerweile *traubensaftig* furchtbar rutschigen Pfad über den Gaumen hinab, und beim Juli verlassen sie ihn, das heißt uns dann endgültig, sodass wir die restlichen sechs Monate, bzw. sechs Trauben allesamt hastig in den Mund stecken, was heißt stecken, stopfen, nachdrücken, wegkauen und den Matsch, das heißt die Silvestermaische würgend hinunterschlucken. Baff! Buff! Pfhhhh!

Tja, das war's dann. Erleichtert und entsetzt zugleich. Nicht ohne Tränen in den Augen.

Was würde das neue Jahr jetzt wohl bringen? Mein Gott! Alles nur noch Maische. Unsere Herzen vergoren. Man kann sich leicht ausmalen, dass die Kindsfantasie Glücks- und Pechkapriolen schlug. Wenn auch äußerst angemüdet. Und ich wiederum konnte mir im Laufe des Jahres dann erklären, warum mir die ersten sechs Monate hold waren, in der zweiten Jahreshälfte jedoch Glück und Unglück eher wie ein großer Brei den kindlichen Kalender bestimmten. Oder war es umgekehrt?

Na ja, spielt wohl im Nachhinein goutiert auch keine wirklich große Rolle, welche Traube nun welchen Monat symbolisierte. Wir hatten es auf jeden Fall mit dem Glück aufgenommen, die spanisch-andalusische Tradition bewahrt, unseren Eltern einen nicht zu unterschätzenden Trauben-Liebesbeweis erbracht und sie darüber hinaus allein mit der Tatsache, dass wir vor lauter Glockenschlägen und Traubenschlucken bei Anbruch des Neuen Jahres nicht erstickt waren, in einen absoluten ersten Glückstaumel in den absolut ersten Sekunden eben dieses absolut Neuen Jahres versetzt.

Übrigens: Vater hatte glückslästerlich gemogelt. Das hatte ich damals genau beobachtet – er hatte sich die erste Traube schon vor dem ersten Glockenschlag in den Mund geschoben. Was heißt die Erste! Das müssen mindestens gleich drei gewesen sein, nach dem Motto für jede Jahreszeit nur einmal schlucken – wenn nicht gar vier. Es sei ihm verziehen. Denn – wie von der Geschichte des *enddezemberlichen Traubenrituals* vermutet werden darf – sind es die Adeligen und deren fürstliche Gelage gewesen, die von den Bürgern, wenn nicht eins zu eins kopiert, so doch zumindest mit der Rebenfrucht nachgeahmt wurden. Und danach sind es wiederum die Bürger gewesen, denen das sehnsüchtige Augenmerk der nicht minder imitierenden Arbeiter und Landleute galt, die auch genießen, das Glück in ihren Händen halten wollten. Und hatten genau jene Adeligen auf ihren Schlössern und Burgen nicht auch immer ihre Hofnarren zur Seite, die nicht nur den Mund ziemlich voll nahmen, sondern mit ihren Sprüchen und Weisheiten auch das unterhaltsame Lachen aus ihren Eselsohren zauberten und mit Schellen- und Glockenklang und fiebrig tanzenden Marotten dem vermeintlichen Glück den Spiegel vorhielten? Vater war nicht nur der uneingeschränkte König der Familie, sondern durchaus ein hausnärrischer Schelm, der uns nicht nur an Silvester etwas voressen wollte. Verschmitzt wie er war.

Was für ein Glück, dass ich heute darüber schmunzeln darf und mich jedes Jahr – woher das wohl kommen mag – von Neuem aufmache, genügend Weintrauben zu besorgen. Wenns geht Muskatellertrauben. Ihnen wird nachgesagt, sie schmeckten wie eine glücksschöne Erinnerung nach Morgen. So einfach ist es mit einer Handvoll Glück. *¡Buen provecho!*

Mig:rationen, häppchenweise (vereinzelte) Grammatiken. Korrektuhren

Eine Partitour für mehrere Stimmen

Etwas existiert, wo es nicht war.
Ursula Krechel

Pro log

(weil wir in dieser ~~Gast~~sprache nicht vorgesehen waren; nicht hätten vorkommen sollen; wir Nach~~gast~~integrierten sprechen; er:finden 1 Neusprech, N:euersprech, uns)

I
Großmutterpflanze, ich

war Erinnerung. Ist. Großmutterpflanze baute ein Ge-d:ächtnis. Baut. Großmutterpflanze ist. Verzweigung. Anarchie der Blätter. Unverhoffte Blüten. Furchtblüten. Unberechenbarkeit. Großmutterpflanze liebtlebt Umzüge. Ortswechsel. Neuanfänge im Weitergedeihen. Großmutterpflanze ist. Selbst. Widerstand gegen das Trockene. Das Ausgedörrtsein. Sie sagt *Ausgedörrtw:erden*. Großmutterpflanze kennt Tränen. Nomadentränen. Sagt *pena*. Auch Trockentränen. Großmutterpflanze unterhält Unterh:altungen. Altung Altheit Alt-

hungern. Neu. Nachts. Nichts zu deuteln. Großmutterpflanze pf:legt das Gespräch der Stille. Sagt *silencio*. Großmutterpflanze hat seit 1961 Blickkontakt. Zu alten Masken. Überhaupt. Hier in D. Im Schwarzwald. Blick. Hin. Auf

eine alte Maske. In die Vergangenheiten, die immer. Auch gegenwärts. Gegen warten. Meergesprochen. Vom Meer her. Mehr. Einst Málaga, heute. Geschulterte Hafenferne. Und. Schwäbisch-Alemannisches. Fremdw:orte. *Häs Schämme Wunderfitz. Curioso*, sagt sie; *curioso*, sagt sie. Die Maske ein Kuriosum. Erklärbar dennoch.

II
Maske, du

bist. Nicht. Mütterlich. Groß. Aufbewahrt. Angejährt. Aus. Schließlich. Lediglich väterlich. Großväterlich. Etc. Das ist nicht mehr so. Genau. Zu rekonstruieren. Zuviel sei

Ab.geb:rannt. Es.

Vernichtet. Maske »ver:rät« das Verborgene. 1 Insgeheimes. Das zweite Gesicht. Ist. Wie Großmutterpflanze ein zweites Gesicht. Auch. Manchmal ein drittes und viertes. Schelm Hans Wurst. Harlekin. Marotte.

Maske. Sie weiß um die »Persönl:ichkeiten«. Sagt einst seien Bürgersöhne. Erzählt: *masquiert – mit mir sünd.maskiert durch die Gassen. Gelaufen.* Fastnacht hieße Tradition. Kinder und Narren. Eselskappe.

Sagt *Fedrewisch Saublooder*, was bleibe aus dem Verborgenen. Unter der Maske. Überlieferungen. Maske sagt und fragt. (Großmutterpflanze hört zu. Auf.

Merksam.) Würde Sprechen unter Masken wahrer? Ehrlichkeiten. Aufgestaut. Im Überlieferten, ausgeliefert. Auch Masken lie:fern. Ab. Entlegenes. Seelen-

ab. Fortgelogen. Unberechenbarkeiten. Widerstand. Seit 1789. Ein. Treffend. Es. K:ein Entkommen. Wo beginnt Kommunikation? Wo endet ein Gespräch? Irgendgespräch? An oder unter welchen Lippen? 1 Lippenleben voller Masken. Wahrsprech. Auch.

III
Großmutterpflanze und Maske, wir

klingen. Beidklang. Großmutterpflanze klingt in Bewegungen. Leise. Maske lauert. Schellen. Tönend Erz. Belauert sich. Selbst. Auf. All die Vergessenen. Verinnert. Sich. Schmeckt nach. Riecht. Großmutterpflanze interessiert sich für den Altgeruch. Plötzlich fragen beide, wonach Herkunft rieche.

Maske staunt. Großmutterpflanze spricht herkünftig. Inkünftig. Zukünftig wie in zuges:ichtet. Ein Nichtverstehen im W:ort. Manchmal, sagt Großmutterpflanze, sei es auch besser, nicht jedes Wort zu verstehen. Nur ins Spätere zu beg:reifen! Maske raunt. Flüstern wir Verfremdung ausschließlich vor? Nein. Fremde ist nur beigedeutet eine Fremde.

Verständlich? Nein. Obschon. Lediglich nicht ganz enträtselt. Kunftbar. Ein Mund unter einer Befremdung sei. Immer. Ursprungshalber. Ursprung. Haft. Und Großmutterpflanze, die kein Deutsch. Maske, die kein Spanisch. Sie finden einen gem:einsamen Weg. Beiden eins: sie. Ein Plural. Lassen Wörter aus.

Ein immerfremdeln-

der Plural. Der ist. Aufgehoben. Sein

& Neusprech. Antw:ort. Zeitwärts in Vorüberheiten. *Ruf Gast, schreib G:ast, auf dem wir sitzen*, sagt Maske. *Baumlos*, sagt Großmutter, *pflanze einen Wurzelgr:und.* Nichts-

destotrotz. Nach den Gesprächen die Frage: Wohin b:leiben wir?

Épi log

Wir. Waren. In der Sprache. Nicht

vorgesehen. Usw. Sind.

Und~~so~~w:eiter.

Es ist einsam geworden um meine Sprachen oder Wer aus gutem Hause kommt …

bedencke, daß du aus gutem Hause und von braven Eltern
gebohren seyst! Derowegen siehe wol zu, daß du dein
vornehmes Herkommen und rühmliches Geschlechte
von Jugend auf durch gute Conduite, das ist,
so wohl äusserliche als innerliche Qualitäten und
gefällig-machende Aufführungen mainteniren […].

Gottfried Taubert

Die Füße denken und das Hirn geht weit.
Vom Scheitel ist die Welt bis zu der Sohle
Eine niederträchtige, eine verkommene Zeit.
Und der Mord ist die Metropole.

Thomas Bernhard

It's not important what we cover in the class;
it's important what you discover.

Noam Chomsky

Es ist einsam geworden um meine Sprachen oder
Wer aus gutem Hause kommt …

sagt, benennt, bedenck
t.

Es ist einsam geworden um meine Wörter, meine Sprache(n).

M:ein Haus brennt. Lichterloh. Ich nenne das Haus Deutschland. Das Bild vom »gemeinsamen Haus« – fast hätte ich mich verschrieben und »geheimsamen« formuliert – stammt mitnichten von mir. Dennoch – ich habe es gern übernommen. Einst. Weiß nicht mehr wann; und wo. Aber! M:ein Haus brennt. Das war schon einmal so. 1992. Damals. Nach den Anschlägen in Mölln und Solingen war meine nicht ratlose, sondern entschiede kompromisslose Antwort mein Lyrikband *Gastling* und Verse wie diese:

Dank an Friederike Mayröcker

mit
einer Schlange in einen Sack gesperrt sein,
spanischer
Heimatling!
Heimatling / heimattling
heimattling mattgeliebt matter-
horn, die stierhörner
so im nebel
so im nebel
aussichtslos
die nordwand
[...]

Es war mein Versuch zu retten, was noch zu retten (glaubhaft gewesen) war. Wäre. Ernüchtert, enttäuscht und gestärkt im Bewusstsein eines großartigen Satzes des chilenischen Romanciers Luís Sepúlveda: »Letzen Endes war er wie einer von ihnen, aber er war nicht einer der Ihren.«

Meine Beweggründe damals? M:einem Zorn W:orte ermöglichen und den Schmerz lindern; meine innere Wortfeuerwehr (an)rufen. Dann wurde es ruhiger. Bis ich vor ein paar Monaten wieder Alarm schlug, Eigentlich: es in mir Alarm schlug … »Letzten Endes …« als ich – wars gestern? – den Satz vernahm: »Die Migration ist die Mutter aller Probleme.«

Das »gemeinsame Haus« war eine Zeit lang unaufgeräumt. So schien es. Nun sch:eint es zusehends unbewohnbar(er) zu werden. AfD-fratzig. Ist das die insgeheime Einigung (ganz ohne Kontrakt) auf ein Post-Post-Nomadentum? Oder sollte ich lieber schreiben »das gem:einsame Haus«? Gewagter noch: das »gem:einsame H: aus!«?

Als Kind hörte ich immer auch noch ein leicht zeitzersetztes Wort, wie ein Stolperer nachgesetzt, nachbew:ortet … »Er ist aus gutem Haus … eigentlich …«

Eigentlich. Das »eigentlich« war wichtig.

Was indes, wenn das »gute Haus« brennt? Oder bereits bis auf die Grundmauern abgebrannt ist? Und: Was ist überhaupt »gut« in dieser Zeit (und was war »gut« in den sich ständig übergebenden Zeiten davor)?

Schüler*innen einer 8. Klasse an einer Realschule in Stuttgart schenkten mir folgende gem:einsame Verdichtung:

gut. 1 gedicht?

wie komme ich
von »gut« nach »gut«?

wer bestimmt das maß?

wie viel wiegt
das wörtchen »schlecht«

Als ich mich aufmachte, dieses Fragment zu entwerfen, schrieb ich einigen Kolleg*innen und Übersetzer*innen eine E-Mail – ich wollte sie nach dem »guten Haus« oder den »guten Häusern« in ihren jeweiligen Sprachen fragen. Ich rief also zunächst meinen Dichterfreund Mikael Vogel an und fragte ihn: »Was fällt Dir ein, wenn Du folgenden Ausdruck hörst: »Er oder sie kommt aus gutem Hause«? Mikael zögerte nicht lange und meinte »Hm, schwierig, weil …«

Erst dann stellte sich eine längere Pause ein.

»Das reicht mir schon«, unterbrach ich die Stille am Telefon.

Die Einsamkeit meiner Sprache(n) ist existenzieller, eigentlich auch essenzieller Natur. Es geht um Würde – und diese ist, betrachte ich den Begriff im Deutschen als Verb zumindest, als Tätigkeitsw:ort – ein großer, großer Konjunktiv.

Ist das Gegenteil »schlecht« das Gegenteil von »gut«? Oder gäbe es bessere Antonyme?

Auch »das Haus« kommt seltsam eigen- und engbesetzt daher. So sächlich. Wenngleich

ein Neutrum

vielleicht mehr Möglichkeiten in sich birgt als das Männliche, das Weibliche (sic!). Wer weiß.

Im Spanischen öffnen die Türen und Fenster einer Unterkunft als »familiäres« Domizil zunächst Zugeschriebenheiten ins Weibliche … *la casa.* »¡Esta es su casa!« – »Fühlen Sie sich wie Zuhause!« Im Deutschen (fast) ähnlich. Wie war das doch gleich mit den »Hausfrauen« … der FAMILIENMUTTER *heivafraujo* im Gothischen oder althochdeutsch *husfrowa* …?

Die Wirklichkeit spricht Grauen. Wenn man so etwas überhaupt so sagen kann. Grauensprechen wie in Gutsprechen. Es ist, als würde meine Zunge wieder festkleben:

Ferhat Ünver
Mercedes Kierpacz
Sedat Gürbüz
Gökhan Gültekin
Hamza Kurtović
Kalojan Velkov
Vili Viorel Păun
Said Nesar El Hashemi
Fatih Saraçoğlu

Aus gutem Hause … Was ist aus »gutem Hause«? Wie? Wo? Wann? Weshalb?

Im Spanischen, schreibt mir Ricardo Bada aus Köln, bezeichne der Redensartmund in aller Regel ähnliche Vorstellungen mit »de buena familia«. Haus und Hof gehörten ja ursprünglich heimatzusammen. Auch die Freiheit und das Leibeigentum waren, so meine ich mich zu erinnern, verkettet, eingekettet. Zwangseinander. Im Arabischen sind nicht nur das Haus und die Familie sprichwörtlich und konstituierend gesellschaftsanführerisch, sondern auch der »Stamm« samt »Wurzeln« – »de pura cepa«. Um beide Ausdrücke weiß auch das Kastilische. Um den »Stamm« oder »Rebstock« … Es hat also etwas Hinein- und An- und gar Mitgeborenes: etwas scheinbar Rein-Gewachsenes. Wie im Türkischen, berichtet mir der Lyriker und Verleger Dinçer Güçyeter:

»Aus gutem Hause sein?«: iyi aile çocuğu olmak (Wortwörtlich übersetzt: Kind aus guter Familie) – ursprünglich wurde es im Osmanischen Reich unter Aristokraten sehr viel verwendet. Von Liebe war gar keine Rede, wenn die Familie des Verehrers oder des Mädchens einen hohen Status hatte, war der Junge oder das Mädchen aus einem guten Haus/guter Familie.

Heute ist es so, dass jeder nach seinen Erwartungen die Redensart einsetzt: für eine konservative Familie, ist ein Junge/Mädchen aus gutem Haus, wenn er/sie betet/fastet etc.

Für die Arbeiterschicht bedeutet es, wenn der Mensch sich für seine Arbeit gut einsetzt, keine Schulden hat.

Bei uns in der Ägäis ist jemand aus einem guten Haus, wenn er/sie gastfreundlich, höflich und entgegenkommend ist.

Wenn ich mich an Hausach erinnere, deine Geschwister wieder vor meinen Augen habe, kann ich sagen: José ist aus einem guten Haus: José iyi bir aileden geliyor.«

Apropos Haus ach! Meine Schwester übrigens, die wie ich im Schwarzwald geboren wurde, und bei der ich davon ausgehe, dass sie aus gutem Hause stammt, beantwortete mir die Frage schlicht und einfach folgendermaßen: Jemand, der Manieren habe, sagte sie. Der höflich sei – »mir beispielsweise in den Mantel hilft!«

Was könnte ich noch sagen? Vielleicht dies. Ein Schüler aus Essen beschrieb mir sein Ich so:

Mein Leben / Hayati / حياتي

Ganz »einfach« beschriebenes Leben:
Ein junger deutscher Mann mit marokkanischen Wurzeln
wächst mit drei völlig unterschiedlichen Sprachen auf.
Die Mischung aus Deutsch, Arabisch und Berberisch
macht aus mir einen kulturellen Bürger.
Zwischen den verschiedenen Kulturen fühle ich mich
wohl (Essen-Kray).
Egal wo ich bin, ich bin ich ein *midden* (berberisch:
Fremder). Es ist mir *chara* egal.
Yemma ist *hayati*! Meine Mutter ist mein Leben!
Allay auen. Möge Gott dir helfen!

Der »kulturelle Bürger« hat es mir angetan. Ein gutes Haus der Zukunft. Im Unterwegssein. Wider jegliche Einsamkeiten, die gemacht werden: kulturelle Bürger*innen. Das wäre ein hoffnungsguter Paradigmenwechsel.

Doppelpunkte: Der Versuch, die Tempora zu verw:orten

I

Die Zeit sei ungehalten, gab man mir einst unmissverständlich zu verstehen. Ein konsequent gefräßiges Konstrukt. Ungehalten kopf- und herzverschlingend sei sie. So sagte man. Kein Zügel, der sie bändigte – und menschenlebenhungrig sei sie auch. Ich könnte heuer wortlustvoll ergänzen: und blind vor Gier. Die Zeit ist blind. Doch scheint mir die Wahl der Metapher ein wenig schräg.

Wie leibt sich Gegenwart den Augenblick, wo sich Vergangenheiten Zukunft reißen? *That's life. Es la excusa*. Oft. ¡*Ay*! Nur der Tod, so glaube ich, weiß um die Flüchtigkeit des Lebens. Und wir? Wohin b:leiben wir? Kaum gefragt und schon vorbei. Tempus fugit. *¡Y sin piedad!*

Ein Tag im Jahr 2014, beispielsweise. Ein N:irgendtag. Ein N:irgendwotag. Nicht austauschbar. Oder doch. Unvermutet ein kultgeschenkter Tag der Einkehr, wie sich auch andere Feiertage kontemplativ ereignen könnten. Und doch nicht gleich. Das Äußere zeugt Spannungsbögen ins Innere der Wahrnehmung. Auch umgekehrt.

Viernes Santo. Es war Karfreitag. Ein Karfreitagsort in Spanien. Ein Tag, an dem die Zeitungen von einem einzigen Nachruf dominiert wurden und Gedanken zu finden waren, die aufhorchen machten: »dass nur jemand, der es wagt, mit Gott in einen Wettstreit zu treten, einen derart perfekten Roman schreiben konnte wie *Hundert Jahre Einsamkeit.*« Gabriel García Márquez. *Gabo*, wie sie ihn liebevoll nannten, war tot. Ist. Denn Tod bedeutet Gegenwart. Niemals Präteritum. Ein ständiger Karfreitag.

Ich begegne der Obsession Sprache. Sprache in ihrem fatalen Anspruch, schaffen zu wollen, was vergebens ist. *Mit Gott in einen Wettstreit treten.* Obschon der Turmbau zu Babel vielen Städten gleichnishaft Pate steht, das sprichwörtlich funkelnde Goldene Kalb heute »Tanzender Dax« heißt und börsennotiert ist. Das Vergangene spricht Gegenwart, die Zukunft ruft Vergangenheit. Der Potentialis Furcht. Fiktion und Wirklichkeit in einem.

II

Im Garten über der Stadt, in dem ich nachmittags mein Schreiben suche, thront die einsame Würde jahrhundertealter Pinien. Ich denke an Brecht. Von ihm stammen die gewaltigen Zeilen, »als Lenin starb war es, als hätte der Baum zu den Blättern gesagt, ich gehe.« Lenin wäre ein Thema für sich … aber der Baum, der zu den Blättern sagt, ich gehe, ist ein gewaltiges Bild.

Hier oben auf dem Hügel scheint der Tod so alt zu sein, dass die Bäume sich entschieden haben, einfach zu bleiben. Als hätten sich die Wurzeln ins bemooste Gestein verkrallt. Selbst die Pinienzapfen wollen nicht wirklich aufspringen. Ich ahne, Wörter sind Pinienzapfen. Die gefallenen unter ihnen lese ich auf.

Ortsbestimmung: Inmitten des Katalanischen mallorquinischer Prägung *m:eine* deutsche Sprache. Die Mandelblütenzeit ist vorüber; das sich ergießende Blau der Agapanthus, wie eine Himmelswelle sehe der Garten dann aus, sagt man mir, stünde noch bevor. Die Zeit der Schmucklilien im Juni. *Zimmermannslilie* fällt mir ein. Der Sohn des Zimmermanns. So wie der Sohn des Telegrafisten oder der Sohn des Eisenbahners. Gabo, Neruda.

1981 stellte der kubanische Schriftsteller Reinaldo Arenas in einem Artikel über Gabriel Gárcia Márquez die Frage: »¿Esbirro o es burro?« *Scherge oder Esel*? Gabo habe sich gerne an der Seite der Mächtigen gezeigt. Ich notiere *Palmsonntag, Ölberg, Via Crucis*. Und den Vers eines Gedichts: »Die Berge sind Altäre.«

Ich sitze im *Café Espanyol*. Am umtriebigen Marktplatz im Zentrum einer ausgedehnten Talschneise. Ausgeweidet zwischen zwei Klosterbergen. Links von mir ein örtliches Bankhauspanorama. Zu meiner Rechten die alte, barocke Stadtkirche. »Maria von den Engeln«. *Nostra Senyora dels Àngels*. Ihr Grundstein verweist auf die Zeit der Templer. Das flügelschöne Rosetten-Lichtspiel im Inneren des

Gotteshauses, das bei Sonne die Vignetten des Kreuzweges farbgebiert, muss jüngeren Datums sein. Ein Versteck. Jede Station das Kaleidoskop des Auferstehungsmorgens. Selbst heute am trauerschmucken Karfreitagsnachmittag. Vor mir, bergan, das kastellbewehrte Sanktuarium *Puig de Maria*. Ich sinniere den Raubzugmachenschaften nach. Denjenigen, die ankamen, eroberten, vertrieben, meuchelten. Die Geschichte Mallorcas ist allenthalben Zeugin in den verwinkelten Gassen der Altstadt Pollenças. Maurisch kauernde Häuser, die, aneinander geschnürt, den gesamten Kalvarienberg bündeln.

El Calvari. 365 Stufen sind es, wenn man den Serpentinen nicht folgt, sondern die Treppe wählt. Hinauf zur Kapelle, die vormals zu einem Männerkloster gehörte und die auf dem Richtplatz der Templer erbaut worden war. Der Schädelberg wird zum W:ort. Für jeden Tag des Jahres eine Stufe. Die architektonische Metapher der Bürde. Je länger man bergauf steigt, desto mühsamer die Schritte. Jesus ist dreimal unter der Last des Kreuzes gefallen. Sei gefallen.

Wie oft ich schon daran gedacht habe, dass das deutsche Wort »Gemeinsamkeit« die Einsamkeit in sich birgt. Ich könnte auch schreiben *Gem:einsamkeit*. Im Spanischen hingegen verortet die *soledad* sprachpoetisch das Wort »edad«. *Sol:edad*. Folglich das Alter, auch das Zeitalter. Und die Sonne, *el sol*. Männlich. Etymologisch alles falsch, aber als poetisches Experiment ein Genuss, wenn man in beiden Sprachen den verdichtenden Blick zu W:orte zieht.

Dort oben, auf dem Kalvarienberg wohne ich. In einem Haus auf einem Grund, der im Mittelalter ein Hinrichtungsort der Mönchsritter mit dem Tatzenkreuz war. Metaphorische Tatsächlichkeit, an einer ehemaligen Richtstätte zu essen, zu trinken, zu schlafen. Ein f:ortgewährender Augenblick, der so viel Tod, so viel gemachten Tod erlebt hat. Und d:ort zu schreiben. Ich schlafe dennoch ruhig. Man erzählt mir, das liege an den *leylines*. Dem heiligen Kraftnetz der Erde, den pulsierenden Meridianen. Der Altar, gleich neben meiner Schreibzelle, sei ein Teil ihrer spirituellen Energie.

III

An einem Karfreitag, wie jenem, der für mich längst vergangen ist und zu dem Zeitpunkt, an dem ich diese Gedanken notiere, die intensivste aller Prozessionen der *Semana Santa* ein paar Stunden später noch bereithalten sollte, gemahnte es mich zurück. In eine Jugend, in der mir als Heranwachsender die Andacht am Sterbetag des Herrn unheimlich-existenzielle Anschauung geworden war. Aber auch mystische Erkenntnis; auch eine *Ley-Linie*. An einer Statue manifestiert. Wie wir Ministranten das Mittelschiff der Kirche entlangschritten; ein vor dem Hauptaltar liegendes Kreuz von Weitem schon sichtbar. Wie wir vor ihm auf die Knie … und sanken … und die Füße des Toten küssten; ein Toter, der Leben war. Ist. Demut der Gewissheit, dachte ich. Seinerzeit. Der Ernst um Spiel und Wirklichkeit eine Körpergeste der Bescheidenheit. Erkenntnislast und Glaubenshaltung. Eigentlicher, leibeigentlicher Gehorsam, dem Lebendigen zu folgen. Bilder aus vergangenen Tagen und doch immer Gegenwart (Immerwart). Auch dieser Niederschrift. Künftige Mitteilung. Interreales Spiel mit den Tempi (Musik) der Zeiten. Zeitlos Tempus in Tempi wahrgenommen. Der Vorstellung dessen, was zeitaufgehoben Zeit bedeutet. Ein Meister der Auflösung jedweder Uhren war der argentinische Schriftsteller Julio Cortázar. Die Auflösung jedweder Uhren? Vielleicht ist das die wesentliche Herausforderung, wenn man sich zurückzieht, so wie ich. Ein paar Wochen lang innehaltend, um die Stille aufzuhorchen. Kontemplation, die Sätze aufsucht wie diese: Im Gebet die unbedingte Nähe. Wort und Nicht-Wort der Poesie. Wort und W:orte.

Es gibt Seinslandschaften der Seele, die sich in die natürlichen Umgebungen fügen, als wäre sie ihr Geheimnis. In ihr die Geografie des Augenblicks, die das Sein atmet, als vertraute sie das Wort Vanitas der Haut desjenigen an, der in sie hineingeht. Stille, die sich selber meditiert. Dann ist die Sehnsucht ein Eremit. Zartwunsch, der alle Jahreszeiten gleichzeitig ertastet, atmet. Und es ist, als hörte man den Duft einer Rose, als sähe man die vergänglichen Wörter unter jedem Haus, das schon die Verwitterung seines Holzes mitbedacht hätte. So ähnlich *w:erden* Kinderjahre, die bleiben; verströmt sich der Nachtduft des Jasmins, der *s:einen* Erinnerungsteppich ausrollt. Dann sind Agaven Zungen, die Fremde sprechen; schenken Feigenkakteen Skulpturen leiser Sommer; erzählen Zypressen von verlorenen Liebhabern; kündet der Rosmarin ein Epitaph an. Ein Dichter sagt: »Nur das Kind versteht den Tod.«

IV

Ich warte. Auf ihn. Genauer gesagt auf die filigrane Statue, den liegenden Leichnam desjenigen, der gleich auf einer Bahre vorbeigetragen würde. Die Imagination seines Leibes und nur spärlich mit einem schwarzen Spitzentuch bedeckt. Erotisch schier. Von einsamen Trommelschlägen begleitet. Es würde still w:erden. Auch unter den Urlaubsgästen, die sich die Prozession als touristisches Ausflugsziel ausgesucht hatten und sich nicht zu den Gläubigen zählten. Die anderen hingegen, die einem Gelübde folgen, in mönchischen Büßergewändern. Gläubig. Und sei es im Geiste.

V

Ich trete nicht mit Gott in den Wettstreit.

VI

»¡Ven acá!« – *Komm her*! soll Gabriel García Márquez häufig gesagt haben, wenn er bei einem Interview einer Frage ausweichen wollte, indem er dem Interviewenden dann selbst Fragen stellte. Fragen sind Antworten. Ich frage mich indes erneut, ob mir der Rückzug ins Eigene gelingen wird. Ich hatte es mir gewünscht. Im Schutz mächtiger Aleppokiefern angesichts der verführerischen Geborgenheit orange-roter Aloeblüten oder staunend an Gräsern haftend, deren Namen ich nicht kenne. Je genauer der Blick, desto subtiler die Versenkung.

Die Stille ist ein plötzlicher Ruf. Die Auferstehung sch:eint die Heimkehr; trostmelancholisch. Auch auf dem Weg ins ungeschriebene Gedicht. Ich warte die Jesus-Statue nicht mehr ab, gehe die 365 Stufen nach oben. Zurück. Nach Morgen, das Gestern war. Ich weiß, die Schreibklausur würde *w:erden*. Wurde. Ist. Ich. Sage zu mir selber: »¡Ven acá!«

Wo Leben ist, ist Tod

Vor ein paar Jahren musste ich einen Menschen zu Grabe tragen, den ich geliebt habe. Sie ist mir Komplizin, Aufruhr, Worte gewesen. Immer wieder Stille und Sätze, die mich über dreißig Jahre lang, dort, wo es Zeit wurde, die Uhr ablegen ließen. Ich lernte innehalten. Nachdenken, fühlen, dankbar sein.

Ich wusste nie und weiß es bis heute nicht, was Tod bedeutet. Seit ich ihre Stimme nicht mehr hören kann, weiß ich es noch weniger. Ohne sie ist mein Alltag surrealer geworden. Ihre Abwesenheit füllt eine Wirklichkeit von Zeit, wie ich sie zuvor nicht kannte. Zeit, dich ich jedoch im selben Atemzug mit ihr verbinde. Zeit nach dem Tod. Als sie starb, war ich bei ihr. Fast.

»Ich will nicht mehr aufstehen«, hatte sie gesagt, ohne mich anzuschauen. Ich saß an ihrem Bett. Im Krankenhaus. Sie entzog mir irgendwann die Hand. Ich wusste plötzlich, ich musste sie loslassen. Eine Schriftstellerkollegin tröstete mich ein paar Tage später am Telefon. »Manchmal«, sagte die Dichterin, die ich sehr schätze, weil ihre Verse ausfransen wie das Leben ausfranst, im Innern ausfranst, damit etwas Neues entstehen kann – »manchmal«, sagte sie, »verbeißen sich Liebende ineinander wie Vampire, wenn der eine gehen muss und der andere zurückbleibt«.

Ich verstand sofort, erwiderte nichts. Deshalb hatte sie mir die Hand entzogen. Wortlos. Das Letzte, was ich von ihr hörte, war das Röcheln des Sauerstoffgerätes. Ich deckte sie zu. »Bis morgen«, sagte ich. Keine Antwort. »Schlaf gut«, sagte ich. Keine Antwort. Ich ging.

Zwei Stunden später rief man mich an. Ihr Körper war noch warm, ich küsste sie, betete. Ein Vaterunser, ein Ave Maria. Das hatte sie sich gewünscht. Jemand, der an ihrem Totenbett wacht und ein Gebet spricht. Ich weinte nicht. Der Rosenkranz, den ich ihr auf die Hände legte, reichte mir die Trauer. »Annehmen«, hatte sie immer gesagt. »So leben, als wäre jeder Tag der letzte«. Wir hielten uns daran. Wir hatten uns an den Satz gehalten.

Ich bin in Sätzen. So wie Vater. Auch er begriff sich in Sätzen. Als ich ein Kind war, sagte er oft: *Donde hay vida, hay muerte.* »Wo Leben ist, ist Tod«. Als kleines Kind fragte ich einmal meine Mutter, was das Wort »Sicherheit« bedeuten würde. Sie sagte, ich möge ihr meine Hände zeigen. Sie zog sie an sich, drehte sie um, zeichnete mit ihren Fingerkuppen ein *M* nach, das ich dann auch auf meinen Handtellern erkannte. »In jeder Hand ein *M*«, sagte sie. »In der rechten, in der linken. In der einen, das *M* von *mamá*, in der anderen das *M* von *muerte*«. Im Spanischen ist der Tod weiblich. »An deine Geburt kannst du dich nicht mehr erinnern, aber ich«, sagte sie. »Und deshalb bist du hier. Das ist sicher«. Ich lachte. »Und eines Tages wirst du von dieser Welt gehen, so wie du damals gekommen bist, auch wenn du das heute nicht mehr weißt, und es wird Menschen geben, die sich später daran zurückerinnern werden, wie du gegangen bist. Auch das ist sicher. Und wenn du irgendwann in eine Situation kommst, in der du nicht sicher bist, was du tun sollst, dann nimm dir Zeit und betrachte deine Hände. Ich bin mir sicher, dass du dann weißt, was du tun musst. Die Sicherheit«, sagte sie, »ist ausgespannt zwischen diesem und jenem Augenblick. Zwischen *M* und *M*.« Sie streichelte meine Hände.

Schon als Kind verlor ich die Angst vor dem Tod. Der Tod war mir geheuer, weil er präsent war. Ständig. Wo Leben ist, ist Tod. Das beruhigte mich. Das beruhigt mich noch heute. Deshalb konnte ich bei der Traueransprache sagen: »Bis später!« Ich hatte mich davor gefürchtet, an ihrem Grab zu sprechen. Aber ich wusste, ich musste es tun. Das hatte sie erwartet. Ein letztes Mal sprechen. Eine Totenrede. Für sie. An ihrem Grab. Kein Gedicht. Einfach nur sprechen.

Ich hatte morgens am Tag ihrer Beerdigung, kurz nachdem ich aufgestanden war, ein Abkommen mit ihr getroffen. Ich hatte Angst, dass meine Stimme versagen könnte. »Ich habe auf dich aufgepasst«, sagte ich. »Die letzten zwei Jahre. Jeden Tag. Und heute passt du auf mich auf«. Ich wusste nicht, wie. Ich vertraute einfach.

Als ich den Sarg vor mir sah, war es mir klar. Ich durfte nicht ans Rednerpult und auf den Sarg schauen. Ich musste mich vor den Sarg stellen. Sie im Rücken. So wie es zeitlebens war. Komplizin. Aufruhr. Stille. Dann konnte ich sprechen. Irgendwann hatte ich gelernt, dass die Plötzlichkeit in solch schwierigen Augenblicken einen Namen hat. Ihr Name lautet »Heiliger Geist!«. Ich vertraue ihm, so wie ich Gott vertraue. Ob ich an ein Leben nach dem Tod glaube, hatte sie mich ein paar Tage vor ihrem Tod gefragt. Ich sagte ja.

Ich hatte sie in ihrer Krankheit begleitet. Krebs. Fast zwei Jahre lang. Sie lebte gerne, wollte nicht sterben. Dennoch hatte sie den Tod angenommen. Schon bei der Diagnose. Wenn ich sie zur Chemotherapie fuhr, schwieg sie, schaute aus dem Fenster, sog die Landschaft ein. Als müsste sie die Wiesen und die Wälder trinken. Mit den Augen trinken. Ein letztes Mal. Immer wieder ein letztes Mal. Ich spürte, sie hatte Angst. Vor der Chemo, vor dem Zustand danach. Am meisten davor, dass sie ersticken könnte. Der Tumor ihr den Hals zuschnüren würde. Sie befolgte alles, was ihr die Ärzte rieten. Es war ihr wichtig, dass ich dabei war. Ihre Entscheidungen wurden dadurch willensstärker, wenn die Ärzte mit ihr sprachen. Meine Anwesenheit schenkte ihr Entscheidungen, Vertrauen. So wie die Hand, die sie mir entzog, als sie fühlte, sie würde sterben. Fast zwei Jahre nach der ersten Bestrahlung.

Ich bin dankbar, dass ich sie begleiten durfte. Nicht einmal kam mir dabei der Gedanke, Herr erlöse sie. Nicht einmal dachte ich, lass sie sterben. Jede Zeit, auch diese, war unsere.

Einmal sprachen wir über die wichtigsten Sätze unseres Glaubens. Die Sätze Jesu auf Golgatha. Das Wort *Schädelberg* fasziniert mich. Ort des Schädels. Ort der Sätze. »Herr, lass diesen Kelch an mir vorübergehen« und »Mein Gott, mein Gott, warum hast du mich verlassen«. Der dritte war mir, als erster, schon als Kind begegnet. Zwei Jahre vor ihrem Tod hatte ich ihn endlich begriffen. Auch körperlich: »In deine Hände empfehle ich meinen Geist.« Annehmen. Den Tod annehmen und leben. Indem ich den Tod annehme, lerne ich, durch diese Welt zu gehen, lerne ich leben. Wir sind nur Gast auf Erden. Noch ein Satz, der mich geprägt hat. *Donde hay vida, hay muerte.* Wo Leben ist, ist Tod.

Ich hänge am Leben. Das Leben ist ein Geschenk des Himmels. Auch wenn ich es nicht immer begreife. Ein Geschenk, das ich erfahren muss. Das Leben ist eine Gnade. Ich versuche zu verstehen, wehre mich nicht, vertraue.

Eines Tages werde auch ich gehen. Ich habe keine Angst vor dem Tag, den ich, Gott sei Dank, nicht kenne. Allenfalls Furcht. Schon als Vater starb, wusste ich, dass es nun auf der anderen Seite jemanden gibt, der mich geliebt hatte. Dass es auf dieser Seite Menschen gibt, die mich lieben. Wenn ich gehe, werde ich nicht allein sein. Vielleicht für ein paar Augenblicke. Bis ich fortgegangen, bis ich angekommen bin. Aber dieses Alleinsein kenne ich. Auch wenn man zurückbleibt, ist man allein.

Es gibt einen Zustand der Trauer, der kommt dem Tod am nächsten. Das Gebet. Das Gebet ist ein Zustand. Und dennoch weiß ich nicht, was Tod bedeutet. Ich ahne nur, dass unsere Zeit dann Zeit wird. Zeit, die ich mir nicht vorstellen kann, auch wenn ich den Begriff benutze, weil mir kein anderes Wort gegeben ist. Aber ich stelle mir vor, dass es eine Zeit ist, in der die Uhren abgelegt sind. Komplizenschaft, Unruhe. Stille. Deshalb will ich, dass man mein Leben schützt, sollte ich krank werden. Es möge alles Menschliche getan werden, um meine Würde zu bewahren, bis ich gerufen werde. Das Wort *Ruf* mochte ich auch schon immer. Ich glaube daran, dass ich gerufen werde.

Ich erinnere eine Situation in der Uni-Klinik, als ein junger Arzt zur ihr sagte: »Haben Sie keine Angst. Wir sind bei Ihnen. Sie müssen nicht leiden!« Sie hatte keine Angst. Sie empfand Furcht. Sie erwiderte: »Junger Mann, überlassen Sie das Sterben Gott und machen Sie einfach ihre Arbeit.« Als ich diese Sätze hörte, wusste ich, wir würden die Klinik noch einmal verlassen, um zu Hause Abschied zu nehmen. Die Orte noch einmal aufsuchen, die ihr wichtig waren. Das Haus. Die Straßen. Die Restaurants.

Zwei Tage vor ihrem Tod wollte sie noch einmal auf den Friedhof, die Gräber besuchen, die sie zeitlebens gepflegt hatte. Sie saß im Rollstuhl. Die Sauerstoffmaske auf. Ich trug sie oft aus dem Zimmer ins Auto. Dann holte ich den Rollstuhl. Wir haben die letzten Wochen genossen. Ich dachte nicht einen Augenblick daran, dass es mir zu viel würde. Sie hat mir nicht einen Augenblick zu viel zugemutet. Die Zumutung ist heute. Das Leben ohne sie.

Vor Jahren, ihre Krankheit war noch nicht diagnostiziert, saßen wir eines Abends am runden Tisch in der Diele ihres Hauses. Ein Freund war zu Gast. Ein Bildender Künstler aus Andalusien. Wir hatten eine Flasche Wein getrunken. Es könnten auch zwei gewesen sein. Plötzlich sagte sie: »Wer sitzt da am Tisch? Da sitzt doch jemand am Tisch? Seht ihr ihn nicht?« Wir wussten beide, wen sie meinte. Wir gaben keine Antwort. Wir fühlten alle drei die Unausweichlichkeit. Nur die Stunde, die Stunde war nicht gewiss. Wir schwiegen. Es war eine Komplizenschaft der Stille.

Der Künstler aus Cádiz erzählte mir Monate später von Miró. Es wird berichtet, dass er, bettlägerig, kaum mehr den Stift halten konnte und trotzdem nach Bleistift und Papier fragte. Dann zeichnete er. Immer nur einen Strich. Immer und immer wieder einen Strich, ließ das Papier zu Boden gleiten und bat um neues. Striche. Einen nach dem anderen. Tagelang. Bis ihn jemand fragte, was er denn zeichnen würde. Miró gab zur Antwort, dass er versuche, den Horizont zu zeichnen. Es wolle ihm einfach nicht gelingen. Ich weiß nicht, ob die Geschichte stimmt. Dennoch, sie gefällt mir. Ich kann mir kein mächtigeres Alterswerk vorstellen. Eine unendliche Linie. Irgendwann erreicht sie Gott.

Eine Hand, die sich für immer entzieht, zeichnet ähnlich. Eine unendliche Linie. Anfang und Ende sind nicht mehr erreichbar. Es gibt ein schönes Wort dafür. Erschöpfung.

Und wie selbstverständlich das Wort ein anderes birgt. In sich. Wenn man nur die Vorsilbe streicht. Schöpfung. Beides muss eins sein. *Donde hay vida, hay muerte.* Wo Leben ist, ist Tod.

Hertha

Hertha war Trinkerin und ihr Name war ihr nicht besonders zärtlich. Ersteres sei nicht ungewöhnlich, meinte sie, und Zärtlichkeit nicht heilbar. Hertha liebte ihre Rituale. Zwei an der Zahl. Den Morgen. Den Abend. Danach war Trinken. Im Esszimmer hatte sie beizeiten eine Standuhr zur Ruhe gebracht. Fünf Uhr nachmittags. Die Stellung der Zeiger gefiel ihr. Kurz bevor es abends dämmerte, streichelte sie einen Läufer auf den Tisch, den sie morgens wieder zusammenlegte. Er war mit Vergissmeinnicht bestickt. Sie liebte die Farbe Blau und dachte dabei an seine Zärtlichkeit. Auch die Farbe Blau heilte nicht. Deshalb nannte sie das Vergissmeinnicht Trostjasmin. Morgens rollte sie den Blumenteppich wieder ein und entließ die Uhr aus ihrer Standhaftigkeit. Auch die Stille der Uhr war seine Zärtlichkeit. Jemand hatte ihr gesagt: »Um fünf Uhr nachmittags. Der Tod kommt um fünf Uhr nachmittags.« Sie wartete jeden Tag. Mit dem Aufleuchten der Dunkelheit trank sie eine Flasche Wein, manchmal zwei. Der Tod, sagte sie, sei nicht so laut, wenn die Uhr vorher schon stünde und das Vergissmeinnicht Trostjasmin hieße. So sprach sie alsbald zum leeren Stuhl, zum Tisch, zu den Wänden und gab ihnen Namen. Sie rief den Stuhl Hannes, den Tisch, die Wände. Hannes war längst verstorben. Sie widmete ihm jeden Abend die erste Flasche Wein und nannte die zweite irgendwann auch Hannes. Eins mit den Wänden, dem Tisch, dem leeren Stuhl. »Hannes, ich trinke dich«, sagte sie und war glücklich. In der Nacht, in der sie starb, erzählt man sich, habe sie zärtlich ein Glas Wein über den Trostjasmin gegossen und die Uhr noch einmal aufgezogen.

autofiktionale biografie & argumentationsf:ahnen

Ich bin
k:ein *woker* dichter
& auch kein *flag*-poet;
meinen schuh such ich mir selber aus &
lust-
performe ihn. Weil
er mir passt. Die
w:orte schenken mir beseelungsmut. Bisweilen
trage ich *sombreros*, auch alte hüte. *Merz-Kunst*
verbinde ich indes mit Klaus & *er*
innerungsgefährten sind mir immer eins:
geschl:*echtertasten*, ja! Ich
habe zart berührt – mit jedem hauterfühlten leben
den tod z.b.; er gab
sich männlich, manchmal
empfing er mich als sie, 1 alt-
mantilla-weib. Es
macht mich müd & matt, mich
mit *der* »eme*« herumzuquälen
¡ay, muerte, muerte! & JA! Ich
schlaf nicht

immer gut. Es gibt
die uhrzeitsunruh, die nicht ruht – sie wacht
als m:und-
matrosin. Auf
hoher see gestr*and*et. So
lernte ich
die rechtsch:reibfehler & ver-
wechselte das meer in mehriges, bin
meeres-
sprachig, mehres*halb*
er; m:ein n:eig(n)ungswinkel *ge*
hört ins poetisch unerwartete, das
sich in zwischenräume sch:reibt &

ich hab: kein alibi;

Inhalt

7 Andalusien ist eine Uhrzeit: *ahora*

15 Am Tisch des Traums und W:anderswo

19 Transit und Wortzubringer

25 Heimat, 1 w:undgewähr

37 »Wenn ich einst tot …« 1 Entwurf. 1 Tristolog

53 Boquerones versus Metzelsupp
E Säcklestreckerbrief namens
W:undverwortung & W:andersprech

71 Ein frivol-schönes »T:echt:elmechtel«
oder Vom zärtlichen Umarmen der W:orte

79 Die doppelte Bescherung

85 Eine kurze Geschichte des Glücks

93 Mig:rationen, häppchenweise (vereinzelte)
Grammatiken. Korrektuhren

97 Es ist einsam geworden um meine Sprachen
oder Wer aus gutem Hause kommt …

105 Doppelpunkte:
Der Versuch, die Tempora zu verw:orten

113 Wo Leben ist, ist Tod

121 Hertha

123 autofiktionale biografie &
argumentationsf:ahnen

Die Fotos stammen aus dem Privatarchiv des Autors: Der Vater als Stierkämpfer an der Kinzig, der Autor als Knabe in Lederhosen.

Erste Auflage Berlin 2023

Großbeerenstr. 57A | 10965 Berlin
info@matthes-seitz-berlin.de

Satz: Monika Grucza-Nápoles, Gdynia
Druck und Bindung: GGP Media GmbH, Pößneck
ISBN 978-3-7518-0950-4
www.matthes-seitz-berlin.de